—— 新课标推荐课外读物

少年名著馆

西游记故事

插图·注音·释义

（明）吴承恩 著　钟婴 改写

浙江古籍出版社

出版说明

古典名著是中华优秀传统文化的重要组成部分，其中活跃着我国各时代、各阶层、各式各样的人物，展现了他们丰富多彩的思想和生活。通过一个个生动的故事，可以深入了解中华民族悠久的历史、丰富的思想道德和绚烂的社会文化，从而开阔眼界，发散思维，汲取养分，树立青少年正确的人生观和价值观。

《西游记》是中国古代第一部浪漫主义章回体长篇神魔小说，是中国古典文学中最富有想象力的作品之一。该书以“玄奘取经”这一历史事件为蓝本，通过作者的艺术加工，深刻地描绘了当时的社会现实。小说围绕唐僧、孙悟空、猪八戒、沙僧师徒前往西天取经的主线，讲述唐僧师徒取经路上降妖除魔，历经九九八十一难，终于到达西天，取回真经的故事。其中的大闹天宫、三打白骨精、大战红孩儿、女儿国遇难、真假美猴王、三调芭蕉扇等故事尤为精彩。小说故事情节曲折，扣人心弦，神佛妖魔各显神通，读来令人兴趣盎然。抛开小说复杂的宗教思想，对今天的青少年来说，这部小说更像一个励志故事，告诉大家：人生就要有所追求，为了实现理想而披荆斩棘，不畏任何艰难险阻，以超强的毅力和斗志战胜一切困难，直至达到胜利的终点。

青少年学生的课余时间毕竟有限，其中大部分读者还会不同程度的存在文字阅读障碍，“入门”引导显得十分有意义。《西游记故事》在《西游记》的基础上“去粗取精”，甄选了那些思想内容积极健康、人物故事生动有趣的情节，用白话加以改编、串联。书中对疑难字词等作了注音或注释，以减少阅读障碍。每节末增加了从原著中选取的相关诗词，概括本节内容或描述本节主要人物。附录部分通过抓取书中出现的妖魔鬼怪，呈现本书主要故事脉络；还从原著中截取了师徒四人的人物主题诗，以增强阅读趣味，同时帮助读者回顾本书内容，了解人物形象。

改编是一个再创作的过程，限于改编者水平，误漏之处难免，还望方家多多指正。

目录

❶ 花果山神猴出世

传说很早很早以前，天地不分，混沌一片。有个叫盘古[①]的神人开了天辟了地，把地面分为四大部洲：东胜神洲、西牛贺洲、南赡(shàn)部洲、北俱芦洲。东胜神洲有个傲来国，东临大海。就在傲来国东面的大海中，有座美丽的名山，叫做花果山。

花果山上开满了鲜花，绚丽芳香的瑶草奇花终年不谢；处处是仙桃美果，一年四季都有。最奇的是花果山的山顶上，有一对芝兰仙草护卫着一块仙石。仙石有三丈六尺五寸高，有二丈四尺圆，上有九窍八孔。自盘古开天辟地以来，就接受天地灵气、日月精华，久而久之，有了灵性，里面孕育了一个仙胎。一天，仙石迸裂，仙胎里蹦出一个圆球似的石卵。石卵骨碌一转，来了一股仙风。风儿吹呀吹呀，石卵转呀转呀，渐渐变化成一只小猴。它五官俱备，四肢齐全，会爬会走，甚是可爱。

小猴向东、南、西、北四方拜了几拜。抬头看天，目运两道金光，直射天宫，把玉皇大帝[②]吓了一跳。玉皇大帝急叫千里眼、顺风耳到南天门外察看打听，方知是个小石猴出世。因是天

①盘古：神话传说中开天辟地的人物。 ②玉皇大帝：道教称天上最高的神。也叫玉帝。

靈根育孕源流出

地精华所生，非同一般。

小石猴与猴儿们在一起，与小鸟、小兽们做朋友。他们爬树攀枝，采花摘果，青松林里做游戏，绿水涧边共洗濯(zhuó)。有一天，猴儿们正在山涧里洗澡，涧水清凉洁净，潺(chán)潺流动。有个猴儿好奇地问："这么好的山涧水，不知从哪里流过来的?"这个问题引起众猴的兴趣，大家商量决定顺着山涧去找找看。于是呼朋唤友，一齐跑来，顺着山涧爬上去。他们爬呀爬，爬了好久，终于找到了源头：那是一个瀑布泉。瀑布像水晶帘幕，从空中泻挂而下。众猴拍手叫好，赞叹不已。不过他们又有了新问题：那瀑布后面是什么？真想再去看个究竟。可是谁也不敢钻进去。看着瀑布下面的千层雪浪，已经害怕，至于瀑布后面，那更是凶吉难测的神秘地方，但越是神秘莫测越是想知道。于是大家说："哪一个有本事，能钻进去看一看又不伤身体，我们就拜他为王。"说第一遍，无人应答；说第二遍，也无人敢应；说到第三遍，有个猴儿高声应道："我进去，我进去!"这是谁呢？原来是小石猴。

小石猴来到瀑布前，先闭目蹲下，然后纵身一跃，跳进了瀑布。忽然觉得无水无波，睁眼一看，瀑布已在身后，面前有一座铁板桥。过桥后，是一个大石洞。当中有一石碣①，碣上刻着几个大字："花果山福地②，水帘洞洞天。"原来瀑布是用来遮掩洞门的，所以叫做"水帘洞"，真是名副其实。洞外修竹迎风摇曳(yè)，鲜花四季常开，烟霞片片，白云朵朵。洞内虚窗静室，好

---

①碣(jié)：圆顶的石碑。 ②福地：道教指神仙居住的地方。下文"洞天"同。

一个宽阔的所在。里面有石床、石凳、石盆、石碗、石锅、石灶。小石猴喜不自胜，急转身往外走。又闭目蹲下，纵身一跃，跳出水帘，落在地上。众猴儿都围上来，问他："看见了什么？里面水深吗？"小石猴兴高采烈地说了他所看见的一切，然后对大家说："不要怕，都跟我进去，我们就在那里安家。"众猴听了，欢呼雀跃，都跟在石猴身后，胆大的先跟进去；胆小的伸头缩脑一阵，也进去了。跳过桥头，走进洞里，一个个欢天喜地，乐得大声喊叫，抢盆夺碗，占灶争床，搬过来，移过去，一直闹到精疲力竭才安静下来。这时，小石猴端坐在上面，对大家说话了："诸位刚才说过：有本事进来又不伤身体的，大家就拜他为王。如今我进来又出去，出去又进来，还找到这个洞天福地给大家安居乐业，何不拜我为王？"众猴刚才乐得把什么都忘了，现在听了石猴的话觉得有理，于是大家自动按年龄大小排队站立，朝上礼拜，齐声呼喊："千岁大王！"大家佩服小石猴的勇敢，感谢他为大家谋福，不叫他"石猴王"，而尊称他为"美猴王"。就这样，小石猴成了美猴王。

三阳交泰产群生，仙石胞含日月精。
借卵化猴完大道，假他名姓配丹成。
内观不识因无相，外合明知作有形。
历代人人皆属此，称王称圣任纵横。

❷ 美猴王万里求学

美猴王率领众猴，朝游花果山，暮宿水帘洞，赏百花，采美果，日日欢会，十分快乐，过着不受麒麟(qí lín)辖，不伏凤凰管，又不被人间帝王所统治的自由自在的生活。有一天，美猴王忽然闷闷不乐，流下了眼泪。众猴慌忙问："大王为何烦恼?"猴王说："我们虽不归人王、兽王所管辖，但是暗中却有死神阎王爷在拘管，将来年老体衰，还是会被阎王爷拖去的。"众猴听了，个个掩面悲啼，忧惧生死无常。忽然，跳出一个通臂猿猴，高声说道："大王能有这般远虑，真是有见识。其实有三种人是不伏阎王管的，那就是佛、仙、神圣。他们不生不灭，与天地山川同寿。不如找到他们，学些本领，有个对付阎王之法，求个不老长生。"猴王听了满心欢喜，决心即去云游海角，远涉天涯，寻师访道学本领，躲过阎君之难。众猴立即采仙桃、摘佳果，敬酒献花，为美猴王去求仙访道饯行送别。

第二天，美猴王登上木筏，告别众猴，离开了花果山，漂洋过海而去。趁天风，来到南赡部洲，他在那里串长城，游小县，学人礼，学人语。后来他又漂过四海，直至西牛贺洲。寻访了十余年，经过千山万水，终于访到了灵台方寸山，山中有个斜月三星洞，洞中有个神通广大的神仙，名叫须菩提祖师。猴王来到洞前，见洞门关着，一时还不敢敲门。忽然，一声门响，走出一位仙童，过来邀请说："祖师正在讲道，心知有个修行的来了，特来迎接。"猴王真是高兴极了，他整整衣服，跟仙童进入洞府，见菩提祖师端坐在瑶台上，果然是位仙风道骨的大法师，两边有三十个小仙侍立。猴王连忙倒身下拜，磕头不计其数，口中连称："师父，师父，我弟子志心朝礼，我弟子志心朝礼！"祖师问明来处之后，知他不是俗骨凡胎，心中暗喜，就收他为徒弟，还要给他取个法名。祖师说："你是个天地生成的石猴，走起路来也拐呀拐的像个猢狲[1]，就把'狲'字去掉兽旁，你就姓孙吧！"猴王高兴地说："好，好，今后有了姓了，万望师父再赐名字才好。"祖师根据他门下弟子辈分排列，给他取了法名，叫做"悟空"。

①猢狲（hú sūn）：猴子，特指猕猴。

孙悟空在洞中学道，专心致志，勤学苦练；闲时扫地锄园，养花种树，挑水打柴，也事事勤奋。就这样过了六七年，一天祖师登坛高坐，开讲大道。悟空在下面听得眉开眼笑，乐得忍不住手舞足蹈起来，祖师见了暗暗吃惊：如此深奥的道法，悟空却很快能心领神会。他觉得这个徒弟与众不同，决定单独传授。于是他问悟空说："你既然听得懂我的道法，那你还想学什么道术？"悟空答："但凭师父教诲。"祖师问他："道门中有三百六十种，不知你要学的是哪一种？"祖师列举了占卜、请仙、参禅打坐等等，让悟空选择。悟空嫌这些不能长生，又没有多大神通，连连说："不学，不学！"祖师喝了一声："你这猢狲这也不学，那也不学，要学什么？"跳下高台，用戒尺在他头上打了三下，倒背着手走进里面，将中门关了。听讲的人都埋怨悟空得罪了祖师，而悟空却满心欢喜。因为他领会了师父的意思：打了三下，是要他半夜三更时单独去见师父；关上中门，是要他从后门进去。

这天夜里，他根据暗示去寻师父。三更时悄悄从后门进去，到祖师的床前跪下，静静等候。祖师非常喜欢他的聪慧，就单独向他传授了长生妙道，从午夜三更一直讲到黎明前。悟空洗耳恭听，心领神会，最后叩谢祖师传道之恩，悄然而退。出门时，天上一弯斜月，上有几颗明星，正照着"斜月三星洞"五字，悟空有所感悟：这"斜月"，如"心"字下面的弯钩；"三星"正是"心"字上面的三点。学习在于用"心"。

悟空用心学习修炼，又过了三年。祖师知道悟空已得神体，但还需要学会躲避灾祸的侵害，所以要他学会变化。祖师对他说，有两种变化之法：一是天罡(gāng)数三十六般变化，一是地煞(shà)数七十二般变化，问他要学哪一种。对于悟空来说，本领是学得越多越好，只要师父肯教。所以，他对祖师说："弟子愿学多的一种——七十二般变化。"祖师微笑，心想真是一个好学的弟子，就立即将七十二般变化一一传授给他。后来，孙悟空会变小虫、会变大庙、会变松树、会变老鹰等等许多神通，就是这时用心学会的。

一天，祖师与众徒弟在斜月三星洞前观赏晚景，见天空晚霞朵朵，祖师问悟空："你能腾云飞升吗?"悟空想试试本事，翻了个跟头，跳离地面有五六丈高，踏上云霞，往返三四里远，落在地面，叉着手恭敬地说："师父，这就是腾云飞升了。"祖师笑着说："这算不得腾云，只能算是爬云。会腾云的人，早出晚归，一天可以游遍世界哩!"悟空吃惊地说："难，这个太难了。"祖师教导说："世上无难事，只怕有心人。"悟空领会，跪下恳请祖师传授。祖师因见他刚才是翻个跟头跳离地面的，就教他个筋斗云，传了口诀，对他说："这朵云，捻(niǎn)着诀，念动真言，攥(zuàn)紧了拳，将身一抖，跳将起来，一筋斗就有十万八千里路。"

这一夜，悟空运神练法，学会了筋斗云。

一天，悟空与师兄弟们在松树下谈天，有人问悟空：“师父教给你七十二种变化，你都学会了吗?”悟空说：“学会了。”大家说：“那你变给我们看看。”悟空也想露一手给师兄弟们看看，就问：“你们要我变什么?”大家要他变棵松树。悟空念动咒语，摇身一变，果然变成一棵松树。众人鼓掌叫好，这可惊动了祖师。祖师出来问道：“什么人在这里大声吵闹?”大家见师父来了，慌忙整衣肃立。悟空也现了原形，向祖师说明实情。祖师让众人退下，只留下悟空，训斥他说：“你刚才卖弄什么？学了本领做什么用？为了逞能吗？而且别人见你有本领，你若不传授给他，岂不招惹忌恨?”悟空连忙磕头请罪。祖师说：“我也不怪罪你，只是你必须离开这里了。今后不可对人说我是你的师父，也不可说你的本领是我教的。”悟空说：“决不提师父，只说是我自己学会的。”

悟空无奈，只得拜别师父，与众人告别。在这斜月三星洞，他用心学习，已学到长生之妙道，学到了七十二般变化，学到了十万八千里的筋斗云，就是身上八万四千根毫毛，也根根能变，应物随心。美猴王已经成为神通广大的孙悟空了。

去时凡骨凡胎重，得道身轻体亦轻。
举世无人肯立志，立志修玄玄自明。
当时过海波难进，今日回来甚易行。
别语叮咛还在耳，何期顷刻见东溟。

❸ 闯龙宫喜得金箍棒

孙悟空拜别师父，学成回乡。去时用了十几年，回时一个筋斗就到了花果山。

悟空按下云头来到阔别二十年的故乡，只见阴云密布，草木荒芜，一片凄凉，看不到一个猴儿。他大叫一声："孩儿们，我回来了！"这一叫壮了猴儿们的胆，躲在崖石缝里、草木丛中的大猴小猴纷纷跳了出来，把悟空围在当中，悲苦地说："大王，你怎么去了这么多年才回来！"众猴叩头哭诉：美猴王走后，有个水脏洞的混世魔王在此欺善作恶，抢走了许多东西，捉去了许多儿孙，还扬言要来霸占水帘洞。众猴受尽欺凌，苦不堪言。悟空听了大怒，根据猴儿们指示的方向，他驾起筋斗云，来到水脏洞报仇。

水脏洞里奔出了恶煞凶神混世魔王，他头戴乌金盔，身穿皂罗袍①，腰广十围，身高三丈，手执一口大刀，威风凛凛，看了孙悟空一眼，哈哈大笑说："你身高不满四尺，空着一双手，连武器都没有，怎敢与我争高下？"悟空说："你少废话，吃老孙一拳！"跳起来就打。魔王架住说："你这么矮，我这么高；你用

---

①皂(zào)罗袍：黑色的丝织长衣。皂，黑色；罗，质地稀疏的丝织品。

拳，我用刀，杀了你也被人笑。我放下刀与你斗拳头。”两人拳打脚踢了一阵。魔王抵挡不住，闪过身拿起那把大钢刀，向悟空头上猛劈下来。悟空急转身，他砍了个空。悟空趁机拔下毫毛放在口中嚼碎，向他喷去，叫声“变”，立即变出两三百只小猴把魔王团团围住。抓手的、扳脚的、抠（kōu）眼睛的、塞鼻子的……把魔王打得晕头转向。悟空夺了他的大刀，一刀把他砍成两段。又率领毫毛小猴杀进水脏洞，剿灭大小妖精，然后将身一抖，把毫毛收上身来。那些收不上身的小猴，是魔王从水帘洞中捉去的，约有三五十个，都含泪来拜见猴王。

悟空放火烧了水脏洞，驾起云头，带领被救的小猴们一起回到水帘洞，整个花果山一片欢腾。悟空讲了拜师学本领的经过，还告诉大家，如今他已有了姓名。众猴问：“大王姓什么？”悟空说：“我今姓孙，法名悟空。”众猴鼓掌欢喜说：“大王是老孙，我们是二孙、三孙、细孙、小孙——一家孙、一国孙、一窝孙了。”水帘洞内大家团聚乐融融。

第二天，孙悟空会聚群猴，计有四万七千余口。从此日日整队编排，操练武艺，以防再受别处妖魔侵犯。他又将毫毛变成许多小猴，驾起狂风，去傲来国国王武库里搬来了刀、枪、剑、戟(jǐ)、斧、弓箭等武器，猴儿们舞刀弄枪、吆吆喝喝好不威风。山上的麋(mí)鹿、山牛、狮、象、虎、狐及七十二洞妖王，闻讯都来参拜猴王，随班操演。花果山彩旗飘扬，金鼓咚咚，队伍齐齐整整，守卫得如铁桶金城。

虽然美猴王在花果山教演武艺，军威大振，他自己却没有一件合用的武器，只有从混世魔王那里夺来的大刀，又长又笨又不顶用，他不得不为自己的武器发愁。有四个老猴上前启奏：“大王是仙圣，凡间的武器都不合用。世上唯有龙王宝贝多，我们水帘洞铁板桥下的水直通东海龙宫。大王何不去寻老龙王，向他要件合用的兵器?”悟空大喜，说：“好，好，我这就去。”跳到桥头，使个闭水法，钻入波中，那水哗哗地向两边分开，中间出现一条通道，悟空直奔海底。

悟空正走着，忽然遇见龙宫的巡逻兵。巡逻兵问道：“请问推水而来的是哪位神仙?”悟空说：“我是花果山天生圣人孙悟空，是你们老龙王的近邻，有事要见龙王。”巡逻兵转身先去通报。东海龙王敖广率领虾兵龟相，将悟空迎入龙宫。悟空说明来意：“因最近教习众猴守护山洞，却没件合意的兵器，特来告求一件。”龙王不好推辞，命鳜(guì)都司①取出大刀一把。孙悟空看了一眼，说：“老孙不惯使刀，请另赐一件。”龙王又命鲌(bó)太尉、鳝(shàn)力士抬出一杆九股叉来。孙悟空接在手中舞弄几下，放下说：“太轻，请再另赐一件。”龙王说：“上仙，你不曾看这叉，上面写着有三千六百斤重呢!”孙悟空还是要再换，龙王有点害怕。又命鳊(biān)提督、鲤总兵抬出一柄方天戟，那戟有七千二百斤重。悟空接在手中，耍弄几个架势，插在中间说：“也还轻，轻！请再另赐一件。”龙王更加害怕，心想没有更重的武器了。龙婆和龙女正在后面偷看，见龙王发愁，过来悄悄地说：“大王，我们海藏馆中，那块天河定底的神珍铁，这几日霞光艳艳，瑞气腾腾，好像是在另找主人，要出世大显身手了。说不定正是该这位上仙所得呢！何不推荐给他，也好打发他走呀!”龙王就对悟空说了，悟空要求拿出来看一看。龙王摇手

①都司：职官名。后“太尉”“提督”“总兵”同。

说：“扛不动，抬不动，只有请上仙亲自去看。”龙王引悟空来到海藏馆，眼前忽然金光万道。龙王说：“那放光的就是。”悟空上前一看，是一根铁柱子，约有两臂合抱粗，两丈多长。他尽力两手捧起，说：“太粗太长了，不好拿。”谁知这一说，铁柱子就细了一圈，短了几尺。悟空又说：“再细些更好！”这宝贝又细了几分。悟空十分欢喜，拿出海藏馆看时，原来此铁柱两头是两个金箍①，中间是一段乌铁，上面刻着一行字，唤做“如意金箍棒”，重一万三千五百斤。他心想口念：“再小些更妙！”那宝贝果然变得只有二丈长短，碗口粗细。

孙悟空得了宝贝，喜得心花怒放，在水晶宫里挥舞起来，吓得龙王胆战心惊，龙婆、龙女、龙子东躲西藏，鱼、虾、蟹、鳖缩颈藏头。悟空耍了一通以后，笑着对龙王说：“多谢，多谢。

①箍(gū)：紧紧套在东西外面的圈儿。

不过有了武器，还想再向你讨一身盔甲。”龙王想说没有，又害怕孙悟空的金箍棒，连忙说：“盔甲我实在没有，不过我可以叫我的兄弟们想想办法。”于是擂鼓撞钟，把南海龙王、北海龙王、西海龙王都召集起来。让北海龙王拿出了他的藕丝步云履，西海龙王拿出了他的锁子黄金甲，南海龙王拿出了他的凤翅紫金冠。这些东西虽然献出了，四海龙王心里却是十分不愿意，商议着要启表奏上天宫。

悟空将金冠、金甲、云履都穿戴好，对众龙王说了声“打扰，打扰”，便挥动金箍棒，一路打了出去，回到了花果山。众猴见孙悟空全身金光灿灿，一齐喝彩：“大王，好华彩，好华彩!”孙悟空满面春风地把金箍棒一竖，说：“不要只顾好看，我来给诸位见识一下这个宝贝。”于是他对着金箍棒叫：“小！小！小!”金箍棒小得像根绣花针，托在手掌上。又叫：“大！大！大!”自己也摇身一变叫声：“长!”他就长得身高万丈，头如泰山，眼如闪电，口似血盆，牙如剑戟，手中的金箍棒上顶天，下立地，把众猴和七十二洞妖王吓得魂飞魄散，磕头礼拜。霎时他又收了法象，金箍棒呢，又变成绣花针那么大。孙悟空小心地把它藏进耳朵里了，别人还看不见呢!

炮云起处荡乾坤，黑雾阴霾大地昏。
江海波翻鱼蟹怕，山林树折虎狼奔。
诸般买卖无商旅，各样生涯不见人。
殿上君王归内院，阶前文武转衙门。
千秋宝座都吹倒，五凤高楼幌动根。

❹ 抗地府不伏阎罗王

孙悟空回到花果山后，忙于找混世魔王报仇，忙于率众猴操练加强防卫，忙于去龙宫找武器，倒是把出去求学的初衷——自由的猴儿国不愿受阎王拘管的大事暂且放下了。而那不识高低的阎王爷呢，倒是先找到孙悟空的头上来了。

有一天，孙悟空与大家一起讲文演武，饮酒欢歌，喝得酩酊[①]大醉，在铁板桥边的松树下睡着了。睡梦里他看见两个公差模样的人走来，拿着一份公文，上面有“孙悟空”三个字。两人走近他的身边，不容分说，将他套上绳索，把他的魂灵摄了去。一路踉(liàng)踉跄(qiàng)跄地走，来到一座城边。悟空渐觉酒醒，抬头一看，城门上写着“幽冥界”三个大字，他吓了一跳，顿时醒悟：“幽冥界，这不是阎王住的地方么？我怎么到这里来了？”那两个公差说：“你阳寿[②]已满，死期已到，今天抓你去阎王爷前报到。”孙悟空大怒：“我已经修得仙体，不伏阎王管辖，你怎么敢来捉我？”两个公差哪里肯听，一定要拖他进幽冥城去。孙悟空就从耳朵里拿出宝贝，晃一晃，两丈来长，碗口粗细，略举手，擦了一下，两个公差就没命了。悟空抡起棒打进幽冥城

---

①酩酊(mǐng dǐng)：形容大醉。 ②阳寿：迷信的人指人活在阳世的寿数。

去，吓得那些牛头鬼、马面鬼、大鬼、小鬼东躲西藏，四处奔跑，整个幽冥世界大乱。众鬼卒纷纷奔上阎王殿，报告阎王爷："大王，不好了！外面一个毛脸雷公打进来了！"

那十代冥王正端坐在阎王殿的宝座上，还没弄明白是怎么回事，孙悟空已抡着金箍棒一路打得鬼哭神嚎、天崩地裂地冲上了阎王殿。他往殿上一站，"呼啦"一声，把金箍棒一挥，满殿金光逼人，阴气全消。那十代冥王慌慌张张，战战兢兢，一个个溜下宝座，想逃又无处可逃，只得在殿下排个班次，慌忙来问："不知何处来的上仙，请留名，请留名。"悟空说："我本是花果山水帘洞天生圣人孙悟空。你们是些什么官？快报上名来，免打。"十王躬身回答："我们是阴司天子十代冥王，死神是也。不知上仙到此，为了何事？"不问犹可，这一问更惹猴王恼怒，恨恨地说："我早已修得仙体，不伏你们阎王管，为何今天派人来拘我？"十王连说："不敢，不敢，上仙恕罪，上仙息怒，世上同名同姓的人多，恐怕抓人的公差弄错了。"悟空说："胡说！公差是你们派来的，怎会出错？快取生

死簿子来给我看。”说完拿着金箍棒，在地上一蹬，“哐啷”一声，震得阎王殿摇摇晃晃。他登上正中的宝座，朝南坐下。十王不敢怠慢，只好叫判官取出五六种文书和十本簿子。悟空逐一查看，查到“魂”字一千三百五十号上，果然写着“孙悟空”。悟空大叫：“这不是吗？胆敢拘管我！取笔来！”判官慌忙捧上笔，饱蘸浓墨。悟空拿过笔把自己的名字一笔勾去。端坐上面还不走，又说：“我们花果山水帘洞，乃是洞天福地，不受麒麟、凤凰管辖，也不受人间帝王统治，岂能受你阎王管？”接着又查猴属，凡有姓名的，一个一个统统用笔勾销。勾完以后摔下簿子，说声：“了账。”对十王喝道：“听着！”十王心惊胆战，不觉一齐跪了下来，不知还要怎样。只听悟空宣告：“今番不伏你们管了！”一路舞棒，打出幽冥界。

猴王打出城来，忽被什么绊了一跤，猛醒过来，原来是个梦。众猴正在叫他：“大王，喝了多少酒？睡到现在才醒。”悟空说：“哪里睡觉呢，我去阎王殿与他们争执，将我们的生死簿子看了，凡是我们的名字都被我勾销了，我们都不伏阎王管了！”众猴个个欢喜，奔走相告，都来向猴王磕头礼谢。各洞妖王也都来贺喜，一连庆祝了好几天。自此，山猴多有不老者。

从此，猴王觉得大事已了，放下心来，逐日腾云驾雾，遨游四海，遍访英豪，广交贤友，结交了六兄弟：牛魔王、蛟魔王、鹏魔王、狮驼王、猕猴王和禺狨①王。七兄弟经常在一起讲文论武，切磋(cuō)武艺，过着年轻武士的悠游生活。谁知正当他无

①禺狨(yú róng)：猴的一种。

忧无虑的时候，龙王和阎王已到玉皇大帝那里将他告下了。

那天玉帝在天宫灵霄殿升座，先是龙王告孙悟空：“强索兵器，惊伤水族，吓走龟鳖，大闹龙宫，拿去定天河神珍铁。”接着阎王来告孙悟空：“不服拘唤，强销名号，大闹阎王殿，打死幽冥鬼使，惊伤十代冥王。”众仙卿纷纷询问：“这妖猴是哪里人，生于何时，竟能有如此神通?”千里眼与顺风耳答道：“此猴是三百年前花果山仙石迸出的天产石猴，生时就目运两道金光，直上云霄，近年不知在何处修炼成仙。”玉帝问：“哪路神将下界收服这只天产石猴?”话音未落，仙班中闪出太白金星上前启奏：“陛下，此猴既已修成仙道，不如降一道招安圣旨，把他宣上界来，授他一个官职，有功可提升，有罪可处分。拘管在此，免得在下界闯祸。这样可以免动干戈。”玉帝依奏，就命太白金星前去招安。

太白金星出了南天门，按下祥云，来到花果山水帘洞前。对众小猴说：“我是上天差来的天使，有圣旨请你大王上天界，快去通报。”洞外小猴一层层传报到洞天深处，猴王听了大喜，整衣出迎。太白金星宣读了圣旨。悟空心想，这里大事已了，也无事可做。再说海底龙宫去过，幽冥地府去过，就是天上还不曾去过。立即高兴地说：“我正思量要上天走走，就有天使来请。”吩咐众猴：“待我上天去探探路，以后好带你们上去居住。”就与金星纵起云头，往天宫去了。

混沌未分天地乱，茫茫渺渺无人见。
自从盘古破鸿蒙，开辟从兹清浊辨。
覆载群生仰至仁，发明万物皆成善。
欲知造化会元功，须看《西游释厄传》。

❺ 孙悟空大闹天宫

太白金星与孙悟空同出水帘洞，驾云来到紫雾红云缭绕的南天门。两边门柱上盘绕游动着金鳞耀日的赤须龙；数十员镇天元帅持刀仗剑，肃然排列。金星引悟空进入南天门，又见明霞晃晃、彩雾蒙蒙中，有宝玉砌成的三十三座天宫、七十二重宝殿。正中灵霄殿更是金碧辉煌，屋顶的大金葫芦金光万道，红霓滚滚。真是天宫异物般般有，世上如他件件无。听得金钟撞动，天鼓齐鸣，知道玉帝已上朝。护驾的天将威风凛(lǐn)凛，上朝的仙卿气宇轩昂，毕竟是天宫，非龙宫、地府所能比拟。悟空随着金星上殿，挺身在旁，并不朝拜。金星上前启奏："臣领圣旨，已宣妖仙到了。"玉帝垂帘问道："哪个是妖仙?"悟空弯弯腰应答说："老孙便是。"仙官们都大惊失色，纷纷议论说："这个野猴，不拜服参见，还敢自称'老孙'。该死了，该死了!"好在玉帝只想把他安置下来，不太计较，转身查问还有什么空着的官衔可以给他的。查到御马监缺个正常管事，玉帝传旨："就封他做个管御马的弼马温罢。"众臣叫他谢恩，他也只是拱拱手，弯弯腰，朝上唱喏①。玉帝命木德星官送他去御马监上任。

---

①唱喏(rě)：古代的一种交际礼俗，指一面作揖，一面出声致敬。

悟空欢欢喜喜来到御马监，会集了大小头目及养马力士，查明事务，原来是管理天马千匹。悟空分派众人工作，或是准备草料，或是刷洗马匹，人人尽职，精心管理。就是夜间，也看管殷勤，有睡着的马，也赶起来吃草。只半个来月，就把马养得肉肥膘满。那些天马见了他，也低头攒(cuán)蹄，非常亲热。

一天，悟空正与众人饮酒，他忽然停杯问道："我这个'弼马温'的官，是个什么官衔？"众人说："弼马温就是了，还有什么官衔。"悟空不明白，又问："此官是个几品官？"众人说："没有品。"悟空说："没有品，是不是这个官太大了，没有品位好排了？"众人说："不大，不大，只叫做'未入流'。"悟空问："什么叫'未入流'？"众人解释说："末等，最低等，不上品的，只不过给玉帝看马呀，那算什么官呢？"悟空一听不觉心头火起，咬牙切齿道："这玉帝老儿，这样小看我老孙！老孙在花果山还

是个堂堂的美猴王，把我请到天上来，只是让我给他看马，岂有此理!”“呼喇”一声，把桌子推倒，从耳朵里拿出金箍棒，晃一晃，一路打出了南天门。

孙悟空一路筋斗回到花果山，众猴迎到洞里，都来贺喜探问：“大王上天界去了十多年，今日得意荣归了?”悟空说：“我哪里去了那么久?”众猴说：“天上一日，地上一年。请问大王在天上官居何职?”悟空十分懊恼，说：“那玉帝不会用人，像我学了那么多本事，他却叫我做个什么弼马温，只不过是给他养马，气死我了，不干了!”众猴说：“回来得好，大王在这里称王，多么受尊重，怎么肯给他去养马?”随即办上酒席接风，给大王解闷。

正在饮酒时，门外有独角鬼王来献赭(zhě)黄袍，并进言说：“大王如此神通广大，如何与他养马？就是做个‘齐天大圣’，有何不可?”悟空听后，喜不自胜，连说：“好！好！好!”封赏独角鬼王做前部总督先锋。众猴立即做一杆旌(jīng)旗，上写“齐天大圣”四个大字，张挂山头。传令以后不再称美猴王，要称“齐天大圣”。

再说玉帝次日早朝，见张天师引御马监官员来奏道：“新任弼马温孙悟空，因嫌官小，昨日反下天宫去了。”玉帝即命托塔天王李靖(jìng)为降魔大元帅，哪吒(né zhā)三太子为三坛海会大神，兴师下界，来擒拿悟空。一时天兵天将浩浩荡荡，腾云驾雾来到花果山安下营寨。

先锋大将巨灵神耀武扬威地到水帘洞前挑战。猴王头戴紫金冠，身穿黄金甲，脚蹬步云履，手拿如意金箍棒，率众出门，摆

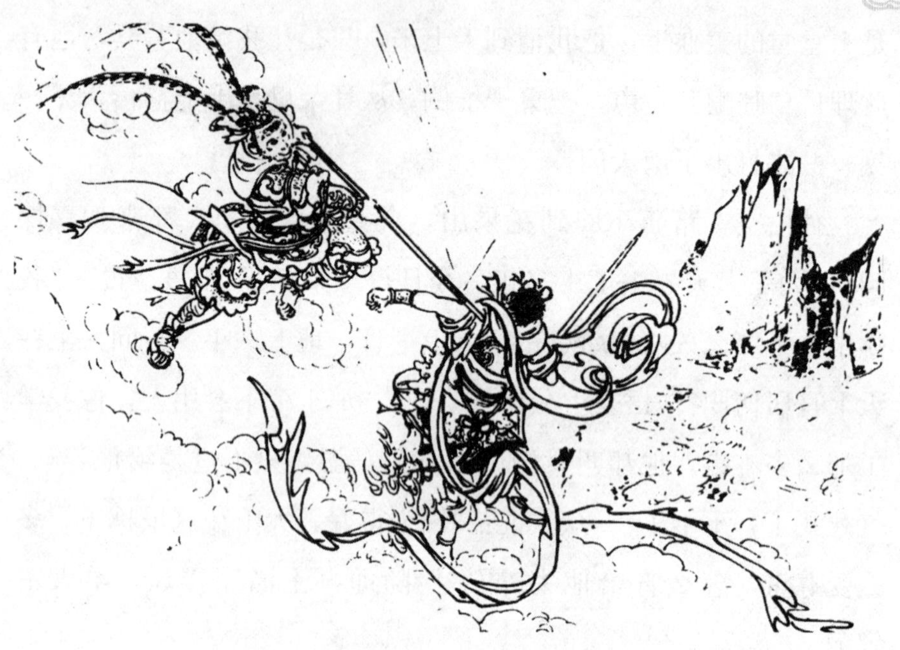

开阵势迎战。那巨灵神哪里是他对手，劈头一棒，“咔嚓”一声，把巨灵神的板斧打成两截，巨灵神败阵逃生。哪吒太子见了，急急上阵，大喝一声：“变！”变作三头六臂，手持六样兵器，乒乒乓乓向猴王扑面打来。这里悟空也喝声：“变！”也变成三头六臂，挥动三条金箍棒呼啸着飞奔过去。斗了三十余回合，哪吒将六般兵器变成千千万万，悟空也将金箍棒变成千千万万，两人在半空中打得似雨点流星，不分胜负。到底还是孙悟空眼疾手快，拔下一根毫毛变成自己的模样应付着与哪吒打，真身却赶到哪吒背后，一棒打下，正中哪吒左臂。哪吒踏上风火轮负痛败阵而回。李天王见连败两阵，大惊失色。这里孙悟空传话：“你们回去对玉帝说，他为甚不用贤，老孙有无穷的本领，为何叫我替他养马？你们看我旌旗上的字号为‘齐天大圣’。如依此升官，我就不动刀兵，自然天地清泰；如若不依，我就打上灵霄殿，叫他玉帝做不成。”李天王与哪吒无奈，只得败回天宫，将此话传给玉帝。

玉帝听了十分恼怒，正要派兵征讨，太白金星上奏说：“那妖猴只知封官，不知大小，如再兴兵，恐一时不能收服，不如就给他做个‘齐天大圣’的空官衔，有官无禄，有名无实，把他收在这里管教，岂不天下太平了?”玉帝听了，觉得有道理，就命金星再次到花果山去招安。

这次金星来到花果山一看，情况与上次不同，只见戒备森严，战旗飘飘。有的小猴认出他就是上次来过的小老人太白金星，进去禀报猴王。猴王头戴金冠，身披赭黄袍，出来迎接。金星就称他为“大圣”，说：“前因大圣嫌官小，离开御马监。我特向玉帝为你请封。今蒙玉帝恩准，就封你为‘齐天大圣’。”这次悟空多了个心眼，反问道：“天上果有‘齐天大圣’这个官衔吗?”金星说：“老汉以此官衔上奏获准，刚领得玉帝圣旨而来。”悟空大喜，就随金星来见玉帝。玉帝对他说：“齐天大圣，官品极高了，以后安心做官，不要再胡闹。”悟空方才满意，住进了天宫新建的齐天大圣府，欢天喜地做起“齐天大圣”来。

身穿金甲亮堂堂，头戴金冠光映映。
手举金箍棒一根，足踏云鞋皆相称。
一双怪眼似明星，两耳过肩查又硬。
挺挺身才变化多，声音响亮如钟磬。
尖嘴龇牙弼马温，心高要做齐天圣。

❻ 蟠桃会悟空添乱

齐天大圣在天宫无所事事，每天饮酒游玩，结交朋友，云来雾去，行踪不定。玉帝怕他闲中生事，就叫他去管蟠桃[1]园。大圣本来也闲得无聊，就高高兴兴地接受了这个差事，立即前去蟠桃园查看。园中的土地神、种桃力士都来叩见大圣。只见满园桃树郁郁葱葱，有的开花，鲜艳绚丽；有的结果，果大香浓。土地给他介绍说，蟠桃园里共有桃树三千六百株。前面一千二百株，三千年一熟，人吃了成仙；中间一千二百株，六千年一熟，人吃了升天；后面一千二百株，九千年一熟，人吃了与天地同寿。猴儿是最爱吃桃子的，孙悟空又来到了这么一个仙桃园，一树树香甜诱人的仙家珍品，真让他乐滋滋地整天在园里转，别的什么地方都不想去了。玉帝见他安分，也不来管他。他呢，每天拣那熟透的大桃，尽情享用，不知吃了多少。

日子一天天过去，到王母娘娘[2]在瑶池开蟠桃会的时候了。王母娘娘派了七个仙女：红衣仙女、青衣仙女、素衣仙女、皂衣仙女、紫衣仙女、黄衣仙女、绿衣仙女，各带花篮，像七只彩

---

①蟠(pán)桃：神话中的仙桃。 ②王母娘娘：西王母的通称。神话中的女神，道教奉为女仙中最高尊神。

西游记故事

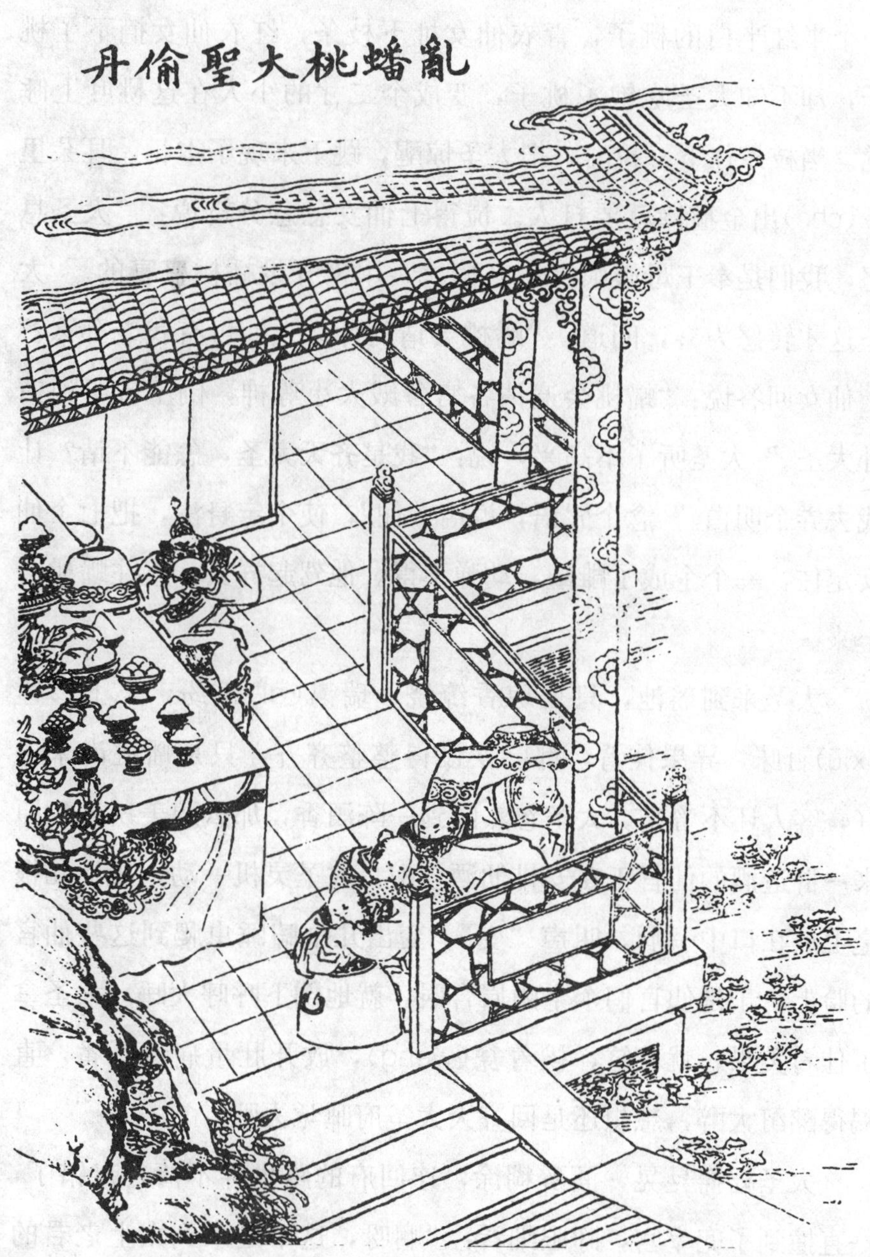
亂蟠桃大聖偷丹

蝶，翩翩来到蟠桃园摘仙桃。在前树、中树各采了几篮后，来到后树，大的成熟的桃子实在不多，找来找去，只见向南树枝上有一个半红半白的桃子，青衣仙女扯下枝条，红衣仙女摘下了桃子，却不知大圣吃饱了桃子，变成个二寸的小人在这桃叶上睡觉。当枝条往下一拉时，把大圣惊醒，跳下来现了本相，耳朵里掣(chè)出金箍棒就要打人。慌得七仙女急急分辩说："大圣息怒，我们是奉王母娘娘之命来摘桃，用来开设蟠桃盛宴的。"大圣这才转怒为喜，问道："蟠桃会请的什么人，可有我老孙么?"七仙女回答说："蟠桃会遍请各宫各殿大小尊神，倒不曾听说请孙大圣。"大圣听了不高兴，说："我是齐天大圣，怎能不请？让我去弄个明白。"念个咒语，说声"住"，使个定身法，把七个仙女定住，一个个成了雕塑，动弹不得。他驾起祥云，直往蟠桃会上来。

大圣来到瑶池，只见琼香缭绕，瑞霭(ǎi)缤纷，桌上珍馐(xiū)百味，异果佳肴，都已摆设得整整齐齐，只是蟠桃尚未备好，客人还不曾来。大圣忽然闻到一阵酒香，那么醇美诱人！原来一群造酒的仙官正在安排仙酒佳酿。大圣灵机一动，拔下几根毫毛放在口中一嚼，叫声"变"，变出几个瞌睡虫爬到这些仙官的脸上，于是仙官们个个闭眉合眼，就地倒下呼呼大睡。大圣拿了佳肴美果，就着缸，挨着瓮(wèng)，放开肚量痛饮一番，直喝得酩酊大醉，想想还是回齐天大圣府睡觉去吧。

大圣摇摇晃晃，酒醉糊涂，连回府的路也弄不清，走错了，一直撞到了兜率宫，睁眼细看："啊呀，这不是来到太上老君的地方了么？也罢，就此拜访此老也好。"跌跌撞撞走进去，一个人也没有，原来太上老君正和燃灯古佛在三层高阁上讲道，仙吏、仙童都在那里听讲。大圣东转西晃，意外地闯进了炼丹房，看见炼丹炉旁放着五个葫芦，葫芦里都是炼好的金丹。心想金丹是仙家至宝，吃了长生不老，今日有缘得见，何不趁老君不在，吃他几丸尝新。他把葫芦里的金丹都倒出来，像吃炒豆似的吃了个饱。

丹饱酒醒，忽然省悟："不好！不好！我搅了蟠桃会，偷吃了金丹，这祸闯大了，让玉帝知道，性命难保。走，走，不如下界为王去吧。"匆匆走出兜率宫，使个隐身法，从西天门逃走，一路筋斗，回到了花果山。走时还又去捞回几瓶仙酒，回去给猴儿们做了个"仙酒会"。

玉帝得知孙悟空搅乱蟠桃会，偷吃金丹，十分恼怒，马上派四大天王，协同李天王并哪吒太子，点了十万天兵天将，布下十八架天罗地网，把花果山围得水泄不通，定要捉拿孙大圣处治。可是十万天兵天将都不是孙大圣的对手，直杀得天昏地暗，鬼哭神嚎。战到天色将晚，大圣拔了一把毫毛嚼碎了，喷出去，变成了千万个孙大圣，舞起千百条金箍棒，杀退了托塔李天王、四大天王和哪吒太子。十万天兵天将苦战一天，只抓了些豺(chái)狼虎豹，连一个猴儿也不曾抓到，就败下阵去了。

天产猴王变化多，偷丹偷酒乐山窝。

只因搅乱蟠桃会，十万天兵布网罗。

❼ 孙悟空大战二郎神

十万天兵天将打不赢孙大圣，却打得九个凶神——九曜(yào)星一个个筋疲力软，四大天王、二十八宿(xiù)星神、李天王和木吒二太子、哪吒三太子个个胆战心惊。只好一边布着天罗地网，一边上表向玉帝讨救兵。天宫实在无将可调，玉帝只好派人去灌江口，调他的外甥、神通广大的二郎神来对付孙悟空。

二郎神接旨，带了他梅山六兄弟和一千二百草头神，牵了哮天犬，纵狂风，过了东洋大海，来到花果山。李天王闻报，放开天网迎接，谈了战败之事。二郎神说："小圣来此，必须与他斗个变化，你们把天罗地网顶上放开，好让我赌斗，只需李天王拿着照妖镜立在空中，为我照住妖猴。"

二郎神安排停当，到水帘洞前挑战。孙大圣认识二郎神是当年斧劈桃山的英雄，二郎神也赞叹猴王的阵势严整。两个真是棋逢敌手：这里齐天大圣七十二般多变化，那边显圣二郎真君法术高强有神通。二郎神摇身一变，变得身高万丈，朱红头发，青面獠牙，举起三尖两刃神锋枪，恶狠狠地往大圣头顶杀来，大圣也躬躬身变得和他一样的身躯嘴脸，一个似华山峰，一个似昆仑顶。正当他们斗法象时，二郎神手下的草头神纵放鹰犬直奔猴儿阵营，吓得众猴丢戈弃甲各自逃命。大圣忽见本营散乱，吃了一惊，收了法象抽身来救众猴，将近水帘洞口，正撞着二郎神的梅山六兄弟率众挡住，慌了手脚，摇身一变，变成个小麻雀，飞上了树梢。六兄弟一时找不到大圣。二郎神赶到，圆睁凤眼一看，认识那麻雀是孙悟空变的，就变个饿鹰，抖开翅膀飞上去扑打。大圣立即“嗖”的一声飞去，变成一只大鹚(cí)老冲天而去；二郎神急抖羽毛，变一只大海鹤，钻上云霄就来啄鹚老。大圣迅速钻到山涧里，摇身变成一条鱼，二郎神在天空找来找去找不到他，心想一定下水去了，就变成个鱼鹰在波面上盘旋。大圣一看，觉得不对：“这只鱼鹰像青鹞(yào)，又毛色不青；像鹭鸶(lù sī)，又头顶上无缨毛；像老鹳(guàn)，腿又不红。想是二郎神变的，在等我呢。”急转身打了个水花就走。二郎神看见，心想这鱼怎么见我就走？必是猴儿变的，急钻下水去啄。大圣赶快蹿出水面，变作一条水蛇，游上岸钻进草丛。二郎神听见水响，见一条水蛇蹿出去，

认得是大圣，又变作灰鹤，伸出铁钳子似的长嘴来吃这水蛇。水蛇一跳变成花鸨(bǎo)，站在蓼汀(liǎo tīng)上。二郎神又认得，现出本相取过弹弓，一弹打去。大圣趁势滚下山崖，变成一座土地庙：张大嘴巴，变个庙门，牙齿正好是门扇，舌头翘起变个菩萨，眼睛变成窗户。只有尾巴没办法处理，竖在后面，勉强变成个旗杆吧。二郎神赶到一看，笑了起来："哪有旗杆竖在庙后面的？一定是猴儿变的。你想哄我进去就一口咬住，我可不会上当。还是让我先捣窗户再踢门。"大圣听了扑的一个虎跳，收了庙宇冒到空中不见了。二郎神到处找也没找到。倒是李天王拿了照妖镜在天上四处照，照来照去，找到了，连忙告诉二郎神："那猴儿使了隐身法，往你灌江口老家去了。"

大圣到了灌江口，摇身一变，变成了一个二郎神，按下云头，大模大样地走进二郎神庙，在正中神坛上坐下，接受鬼判的磕头迎接，还查问起庙宇中的事务来。忽然有人来报："又一个二郎神爷爷从外面进来了。"众鬼判无不心惊。二郎神跟踪撞进庙来。大圣见了，现出本相说："郎君不要嚷，庙宇已姓孙。"一个举枪劈面刺来，一个抖出金箍棒上前相迎，一来一往打出庙门，又一直往花果山打去。

斧劈桃山曾救母，弹打棕罗双凤凰。
力诛八怪声名远，义结梅山七圣行。
心高不认天家眷，性傲归神住灌江。
赤城昭惠英灵圣，显化无边号二郎。

❽ 老君炉炼就火眼金睛

二郎神与孙大圣边走边打，破雾穿云，打到了花果山，仍旧难分难解。玉帝正与众神在南天门观战，见他们不分胜负，很是着急。太上老君说："让我助二郎神一臂之力。"说完就撸(lū)起衣袖，从右臂上取下一个圈子，名叫"金刚套"。这宝贝已炼就灵气，善于变化，水火不侵，并能自己寻找目标，套取猎物，是个厉害的武器。老君把金刚套往下一掷，滴溜溜一直飞向花果山，不偏不倚正击中悟空的天灵盖①。这真是明枪好挡，暗箭难防。悟空只顾苦战，冷不防头顶上狠狠地挨了这一下，站不稳脚，跌了一跤。爬起来却又被二郎神的哮天犬一口咬住腿肚子，死死不放。二郎神和梅山将一拥而上，立即用绳索将大圣捆了个五花大绑，并作法使他不能变化。老君这才收回了他的金刚套。

孙悟空被押到天宫，玉帝也不审问，传旨命大力鬼王与众天兵将妖猴斩首。大圣被众天兵押到斩妖台，绑上斩妖柱，刀砍斧剁，枪刺剑劈，雷打火烧，却一根毫毛也不曾伤损。大力鬼王与众天兵毫无办法，只好报告玉帝。玉帝大惊，忙问："这妖猴不知何处学得这护身之法！如何处治？"太上老君上奏："那猴吃了

①天灵盖：指人或某些动物的头顶的骨头。泛指头颅。

蟠桃，饮了仙酒，又吃了许多仙丹，所以有了个金刚不坏之躯。不如让我领去放在八卦炉①中，用炼丹的炉火煅(duàn)烧，烧他七七四十九天，当我的金丹炼成时，他也自然化成灰烬了。”于是就把大圣带去，推入老君的八卦炉中，命看炉的道人、架火的童子燃起烈火焚烧。

再说孙大圣被关进炉中，只觉处处是熊熊大火烧烤起来。忽见有一个地方有风无火，那就是八卦炉中的“巽(xùn)宫”。原来八卦炉有乾(qián)、坎(kǎn)、艮(gèn)、震、巽、离、坤(kūn)、兑(duì)八个卦宫。八卦中的“巽”代表风，孙悟空就躲进了这个风宫里，躲过了这场大灾难。只是风搅得浓烟滚滚，熏得大圣双眼通红，实在难熬。就这样，烧炼了七七四十九天，老君炼丹的火候到了，

①八卦炉：神话传说中太上老君的炼丹炉。

那一天，他要开炉取丹了。当他把炉门“啪”的一声打开时，那大圣猛睁眼看见光明，“呼”地跳出丹炉，“哗啦”一声，双脚蹬倒八卦炉往外就走，把炉边烧火的、扇风的一个个都打倒。老君吓了一跳，还没弄明白是怎么回事，已被他推了一把，摔了个倒栽葱。

大圣从那气闷火燎的炉中跑出来，好似闷疯了的白额虎，困恼了的独角龙，从耳朵里掣出金箍棒，一路打去，直打得九曜星闭门闭户，四天王无影无踪。一条铁棒东打西扫，天宫中无一个神将可以抵挡。直打到灵霄殿前时，王灵官和三十六员雷将挡住苦战，将大圣困在垓心①。大圣舞得金箍棒如纺车儿一般滴溜溜飞转，众雷神不敢靠近，只能把他稳住片刻。天宫乱成一团。玉帝连忙派人去西天，求佛祖如来②火速前来救驾。

孙悟空呢，靠那神奇的八卦炉法力，玄妙的巽宫风烟，煅烧七七四十九天的炼丹火候，竟意外得到了一个大收获：炼就了一双能洞察一切的神眼——火眼金睛。

混元体正合先天，万劫千番只自然。
渺渺无为浑太乙，如如不动号初玄。
炉中久炼非铅汞，物外长生是本仙。
变化无穷还变化，三皈五戒总休言。

---

①垓(gāi)心：战地中心。垓，指战场、陆地。②如来：佛教创始者，释加牟尼的十种称号之一。

⑨ 如来施法悟空被压

在西天灵山雷音宝刹(chà)，佛祖如来接见了玉帝派来紧急求救的两位天使，随后就带了阿傩[1]、迦叶两尊者[2]来到天宫。只听到喊声震耳，三十六员雷将还在围战大圣。如来传下法旨：“叫雷将停息干戈，叫那大圣出来有话相问。”众将退下，大圣气昂昂地问：“你是哪方善士，敢来问我?”如来笑着说：“我是西方极乐世界释迦牟尼尊者，听说你在这里撒野，几次闹得天宫不得安宁。为何如此横暴?”大圣说：“常言道：‘皇帝轮流做，明年到我家。’叫玉帝把天宫让给我，万事皆休；如还不让，就叫他永不安宁。”如来哈哈冷笑了两声，说：“你不过是个初世为人的后生小辈，如何出此大言？不要狂妄。我且问你，你有什么本事，敢占天宫胜境?”大圣说：“我的本领多呢。我会七十二般变化；修得长生不老之道；会驾筋斗云，一纵身十万八千里……”如来微微一笑说：“好吧，那我们就来打个赌，你如果有本领，一筋斗翻出我这右手掌，就算你赢，不用动刀动枪，我就叫玉帝把天宫让给你。如果你的筋斗翻不出我的手掌心，你还是回到下界，再去刻苦修炼一番。”

---

①阿傩(nuó)：为佛陀十大弟子之一。下文“迦(jiā)叶”同为佛陀十大弟子之一。②尊者：对佛弟子，阿罗汉等人的敬称。

大圣听了，心里暗暗觉得好笑：“哈哈，这个如来好呆！我老孙一个筋斗十万八千里，他那手掌心能有多大？方圆不满一尺，怎么会翻不出去?”他觉得这是十拿九稳的事，于是就说：“如来，我和你赌定了，不过你说话算数么？叫玉帝搬家，你能做得了主么?”如来笑说：“算数，算数；做得了主，做得了主。”说完果然伸开手掌——不过一片荷叶那么大。大圣收了金箍棒，抖擞精神，将身一纵，站在如来佛的手心里，说声“我去了”，一路筋斗翻去，像风车一样转个不停，云光万里，只顾前进，忽然他看见有五根肉红色的大柱，顶天立地，撑着一股青气，中间还有云雾缭绕。他停下筋斗，心想：“我到了天尽头了，这五根柱是撑天柱，就此打住吧，这次回去，玉帝的宝座要让给我了。”又想：“等一等，我得留下个记号，好与如来说话。”于是拔下根毫毛叫声：“变！”变了支蘸(zhàn)了墨的毛笔，就在那中间的大柱上写了一行字：“齐天大圣到此一游。”又在第一根柱子根下撒了一泡猴尿。然后得意洋洋地翻起筋斗，顺老路回去，依旧站在如来佛的手掌上说：“我去了，一直到了天边。如今回来，你去叫玉帝让位给我。”

如来哈哈大笑说：“你还不曾翻出我的手掌呢！”大圣说：“我都翻到了天尽头，还在撑天大柱上留下记号呢，你敢跟我去看么?”如来说：“不用去，你自己看吧。”大圣睁圆火眼金睛一看，那如来右手中指上，正写着“齐天大圣到此一游”几个字。再细认一遍，又正是自己的笔迹，一点不差。大圣大吃一惊，明白了那五个撑天柱原来竟是如来的五根手指，这样看来真的没有翻出他的手掌心。他简直不敢相信自己的眼睛，叫道：“有这样

五行山下定心猿

的事？有这样的事？不信，不信，等我再去。”可是等不到他纵身跳出，如来翻掌一扑，把大圣推出西天门外，将五指化作金、木、水、火、土五座联山，名唤“五行①山”，轻轻地把他压住。众雷神与阿傩、迦叶都合掌口称：“善哉，善哉。”如来又拿出一张写着“唵(ǎn)、嘛、呢、叭(bā)、咪、吽(hōng)”六个金字咒语的符帖，叫阿傩拿去贴在五行山顶一块四方石上，那山就生根合缝了。

大圣在山下可以呼吸，可以伸头伸手出来活动，但是身体不能出来。如来又叫监山之神，用铁丸子给大圣充饥，用铜汁给他解渴。并且说：“等他灾满之时，自然会有人来救他。”就这样，孙大圣开始了他那五行山下漫长的五百年囚禁生涯。

妖猴大胆反天宫，却被如来伏手降。
渴饮溶铜捱岁月，饥餐铁弹度时光。
天灾苦困遭磨折，人事凄凉喜命长。
若得英雄重展挣，他年奉佛上西方。

①五行(xíng)：指金、木、水、火、土五种物质。我国古代思想家试图用这五种物质来说明世界万物的起源。

⑩ 观音指路悟空明心

五百年后的一天，如来在西天灵山说法，众多仙佛乘龙驾凤而来，一时云生五彩，花雨缤纷，山猿献果，麋鹿衔花。

如来讲罢经典，对众仙佛说：“收服孙悟空已有五百年了。天界虽然平安无事，但我看下界四大部洲，众生善恶，各方不一：东胜神洲，尚能和平；北俱芦洲，性拙（zhuō）情疏；西牛贺洲，亦少有明理智慧之人；而那南赡部洲，正是东土大唐所在。本是天朝圣国，可惜贪淫乐祸，多杀多争，多的是口舌凶场，是非恶海。我今有大乘三藏真经：《法》一藏，谈天象；《论》一藏，谈地理；《经》一藏，教化超度人、

鬼。这三藏真经，既教人求知修真的智慧，又引导人进入正善之门。传此真经，必须要有善信之士，苦历千山，以身传法，方能来此取去真经，永传东土，教化众生。只是谁去找这样的取经人呢?”这时众仙佛中走出了观音菩萨。只见她头梳高高的盘龙髻(jì)，身穿洁白的素罗袍，眉毛像弯弯的月亮，眼睛里闪烁着慈爱和智慧的光芒。观音向如来合掌行礼说：“弟子不才，愿去东土寻取经人来。”如来见了，高兴地说：“别人也去不得，必须是观音神通广大，可以去得。”如来没有忘记五百年前压下孙大圣时他说的那句话：“灾满之时，自然会有人来救他。”于是关照观音，要为取经人收个神通广大的徒弟，并取出个金箍交给观音，又教给她收紧金箍的咒语。如果那神通广大的徒弟不服取经人的管教，就把这金箍给他戴在头上，以便约束他。观音领旨，踏上一朵祥云，拜别而去。如来与众仙佛远远拱手送行。

观音去东土大唐，路过五行山，只见金光万道，瑞气缭绕，知道孙大圣就压在这座山下。她降下云头，看到当年如来贴在山顶上的符帖，叹息不已，作诗一首。那大圣在山脚下早已听见，高叫：“哪个在山上吟诗，揭我的短处?”观音连忙下山来寻看。只见大圣被关在石匣子中，正伸出头来看观音。观音问他：“你认得我吗?”大圣睁大火眼金睛，看了看说：“怎么不认得？你是大慈大悲救苦救难的观世音菩萨。我在这里五百年了，没有一个人来看望过我，只有你今天来看我，真谢谢你了。你怎么会到这里来呢?”观音告诉他：“我奉佛旨，去东土找取经人。经过这里，特地来看望你。”大圣央告观音：“如来把我压在这里五百年，还不能出来。万望菩萨救我老孙一救。”观音想了想说：“救

你出来是可以的，就怕你又生祸害。”大圣说：“我反省（xǐng）了五百年，早已知悔了，你给我指条出路，情愿修行。”观音听了很高兴，就对大圣说：“我听你出言甚善，就为你指条修行的路。我到东土大唐去，寻个取经人来，让他把你救出来。那时，你就跟他做个徒弟，保护他取经去，再修正果，怎么样？”大圣口口声声答应：“愿去！愿去！我愿去！”观音见他敏悟心明，满心欢喜，说了声：“善哉！你就耐心等待那取经的师父吧。”

观音告辞而去，一路还劝化了沙河妖、猪刚鬣（liè）、小白龙，并为沙河妖赐法名沙悟净，给猪刚鬣赐名猪悟能。他们和孙悟空一样，殷切地盼望着取经师父的到来，期待新事业的开始。

堪叹妖猴不奉公，当年狂妄逞英雄。
欺心搅乱蟠桃会，大胆私行兜率宫。
十万军中无敌手，九重天上有威风。
自遭我佛如来困，何日舒伸再显功？

⑪ 唐三藏西天取真经

观音到东土大唐去找的取经人是谁呢？是一位著名的高僧。

这位高僧，本姓陈，有个很古怪的乳名，叫做“江流儿”。这还得从他出生说起。那时，他父亲陈光蕊带着他母亲殷（yīn）温娇坐船到江州去做官。谁知搭乘的是一只强盗船，半夜里陈光蕊和家童全被杀死，强盗霸占了殷温娇，穿上陈光蕊的衣服，带上陈光蕊的公文证件，冒充陈光蕊去江州做了官。这时殷温娇刚生下一个儿子，强盗知道是陈光蕊的后代，怕长大后要报仇，就一定要杀死这个孩子。殷温娇抱着孩子偷偷逃到江边，正当毫无办法的时候，看见江上漂来一块木板，殷温娇脱下汗衫把孩子包裹好，再将孩子绑在这块木板上。她希望孩子知道谁是他的父母，就咬破手指写了血书，将父母姓名及来龙去脉都写上，系在孩子的胸口，大哭一场，把孩子推放江中。可怜的孩子在木板上顺水漂流，一直漂到金山寺才停住。那天，金山寺法明和尚正在打坐，忽然听见江边有小孩的哭声，哭得他心动神疑，急急赶到江边一看，只见岸边一块木板上绑着个婴儿。他慌忙将孩子抱起，看见血书，知道了详情，就把孩子抱回去，托人抚养。因为这孩子是从江上漂流过来的，所以就得了这个“江流儿”的乳名。

那么他后来有没有找到他妈妈呢？找到了。他长到七八岁时，法明和尚将他的身世说给他听，拿出血书和汗衫交给他看。他大哭一场，决心寻找母亲，为父亲报仇。他装作化缘①的和尚寻到江州官衙(yá)，悄悄地找到了母亲，母子俩又设计上告到丞相府，到底抓住了这个强盗，绑赴刑场正法。江流儿呢，立意修行，成为有名的高僧，法名玄奘(zàng)。

一天，玄奘为皇帝唐太宗做水陆大会②，超度冤魂。唐太宗对这件事十分重视。因为不久前唐太宗做了一个梦，梦见泾(jīng)河老龙由于下雨弄错了时间，又多下了几点，犯了天条，

玉帝要杀他，而监斩官却是唐太宗的丞相魏徵(zhēng)。老龙求唐太宗叫魏徵不要杀他，梦中唐太宗满口答应了。第二天他找魏徵来陪他下棋，以便管住魏徵，不让他去杀老龙。谁知下棋时，魏徵打起瞌睡来，唐太宗没有叫醒他，偏偏魏徵就在睡梦里把老龙给斩了。老龙恨唐太宗言而无信，扯

①化缘：僧尼或道士向人求布施。②水陆大会：汉传佛教的一种修持法，也是汉传佛教中最盛大且隆重的法会。

住他同去阎王殿评理。谁知一到阴司，无数冤魂纷纷上前揪(jiū)打唐太宗，向他索命。唐太宗吓得无处可逃，幸亏有判官前来解围。判官劝了太宗一句重要的话："若是阴司间无怨恨之声，阳世间方得享太平之庆。"唐太宗本以为自己是个英主，却没想到也错杀了那么多条人命。他梦醒以后，决心做个水陆大会，超度那些冤魂，以补自己的过失。所以这个水陆大会做得非常隆重，聚集一千二百多位高僧，由玄奘主持，念经说法。唐太宗与文武百官、后妃皇亲，以及长安城里的许多百姓，都来虔诚听讲和祈祷。

就在这庄严肃穆的时刻，人群中挤进了两个赤脚光头的和尚，对着玄奘法师厉声高叫："那和尚只会谈小乘佛法①，你会讲大乘佛法么?"玄奘听了心中一喜，走下台来行礼请教："师父，弟子失礼。我们这里只知小乘教法，却不知大乘佛法是什么，请指教。"那和尚说："你讲这小乘教法，说什么能使冤魂升天，其实是做不到的。我有大乘三藏真经，知天象，说地理，给世人智慧，教世人修善明德，脱离苦难，普济众生。"玄奘大喜，一心想去求取大乘真经，还想再问。可是巡逻官不知底细，以为这两个赤脚和尚扰乱法堂，抓了他们去见唐太宗。唐太宗听了两个赤脚和尚讲大乘佛法三藏真经，立即转怒为喜，忙问："你那大乘佛法在哪里?"和尚回答说："在西天天竺国大雷音寺佛祖如来处。你可以请高僧前去求取真经。"说完腾身云端，现出原身，

①小乘佛法：小乘佛法与大乘佛法是由于对佛教教义的不同理解和阐发而形成的不同派别。因小乘通常只能自度，故名"小"。

这两个赤脚和尚，原来就是美丽慈祥的观世音和她的大弟子威武魁伟的木吒惠岸。

观音去后，唐太宗决定派高僧去西天取经，就在水陆大会上征询：“谁肯领朕旨意，去西天求取真经?”话音刚落，旁边已闪出一位法师，上前施礼道：“贫僧不才，愿去西天取经。”这位法师正是玄奘。

唐太宗大喜，连忙上前扶起玄奘说：“虽然法师愿担此大任，只是西天路途遥远，跋山涉水，异常困苦；听说又多虎豹妖魔，十分危险。此去吉凶难测，不知法师想到了没有?”玄奘回答：“贫僧发誓愿上西天，尽忠以报国，并不怕那艰难险阻。”唐太宗更加欢喜，拉着他的手说：“法师忠诚有德，胸怀大志，朕愿与你结为兄弟。”于是就称玄奘为“御弟圣僧”。因为要去西天求取大乘佛法三藏真经，所以又以所取之经为名号，赐玄奘雅号为“三藏”，并赐姓唐。从此玄奘又称“唐三藏”，简称“唐僧”。

次日早，太宗与文武百官为唐三藏送行，

给他盖有通行宝印的文件；并送他一个紫金钵盂①，以供途中化斋②用。三藏临别立下誓言："我这一去，定要捐躯努力，直至西天；不到西天，不得真经，誓不罢休！"说完，这位年轻的高僧，带了两个随从，骑上白马，踏上了那难以想象的艰苦卓绝的万里行程。

大有唐王降敕封，钦差玄奘问禅宗。
坚心磨琢寻龙穴，着急修持上鹫峰。
边界远游多少国，云山前度万千重。
自今别驾投西去，秉教迦持悟大空。

①钵盂(bō yú)：古代和尚用的饭碗，底平，口略小，形稍扁。②化斋：僧尼或道士挨门乞讨饭食。

⑫ 两界山神猴再出世

唐僧带着两个随从从长安出发，走过一个又一个的城市与村庄，渐渐进入荒山野岭。一日，来到虎狼成群的双叉岭。黎明时，三人正在拨草寻路，忽然狂风滚滚，拥出了三个魔王：野牛精、熊罴①精、老虎精。妖精抓住他们三人，先把两个随从挨个吃了，看看天已大亮，只得一拥而退。唐僧被吓得半死，见妖精远去，准备牵马独自前行。可是这马儿胆怯，腰软蹄弯，伏倒在地，不肯起身。唐僧无奈，抬头往前一看，更不得了：前面有两只猛虎，正张牙舞爪，要扑过来；身后又有几条长蛇，张口吐舌，要吞食他。正在万分危急之时，却见猛虎躲避，赤蛇退却。原来是猎人刘伯钦(qīn)，手执钢叉，腰悬强弓，前来相救。

唐僧在猎人的护送下走出了虎狼窝，来到一座巍峨险峻的大山下。走到半山，猎人转身立于路旁说："长老，你自己走吧，恕我不能远送，就此告退。"唐僧急得滚鞍下马，恳求说："千万再劳你送过这座险山吧。"猎人说："长老不知，此山叫做两界山，东半边属我大唐所管，西半边属于外国地界，我不能过国界，只好你自己去了，多多保重。"唐僧无奈，拉着他的手，掉

---

①熊罴(pí)：棕熊。

下了眼泪。

正当两人拜别之时，忽听得山下雷鸣似的叫喊声："我的师父来了！我的师父来了！"把两人都吓了一跳。猎人想了想说："一定是山下石匣(xiá)中关着的老猿在叫喊。"唐僧问："什么老猿？"猎人说："听老人传说，五百年前，天上降下此山，原名五行山。因又是两国之间的国界山，所以人们又叫它两界山。山下压着一个神猴，已经几百年了，长老不要怕，我们去看看。"两人走了几里路，看见石匣中露出一个猴头，伸出两只手，一边乱招手，一边大声喊："师父，你怎么这时候才来？来得好！来得好！快救我出来，我保护你上西天取经去。"还是猎人胆大，走上前去，替他清除了头上的草和脸上的泥沙，问他："你有什么话要说？"神猴道："问那师父，是不是从东土大唐来，去西天取经的？"唐僧上前回答道："正是，你问这个干什么？"神猴说："我是五百年前大闹天宫的齐天大圣，被佛祖压在此处。前些日子观音菩萨告诉我，东土取经的高僧会来救我出去，同往西天成就大事。我日日夜夜等待你来救我脱

身，我愿保护你取经去，给你做徒弟。”唐僧听后满心欢喜，一心想救他出来，但苦于没有斧、凿，不知如何下手。大圣说：“不必用斧凿，师父只要到山顶上把如来贴上的金字压帖揭下来，我自己就能出来。”唐僧与伯钦急忙爬到山顶，在金光闪闪处，果然看见一块四方大石头，上面贴着一张金字封条。唐僧上前，拜了几拜，祝祷说：“弟子唐三藏奉旨取经，如真有徒弟的缘分，揭得起金字压帖，救出神猴，共成大事；如无徒弟的缘分，是个凶顽怪物哄骗我，便揭不起金字压帖。”祝祷完，再拜，上前拿住金字压帖，只轻轻一揭，一阵香风，压帖已到空中。听见一个声音：“我是监押大圣的山神，今日他灾难已满，我带此封条去见如来消差去了。”唐僧又向空礼拜，再与猎人回到石匣边，对大圣说：“揭了压帖了，你出来吧。”大圣万分欢喜，高叫：“师父，请你走远点，我好出来，不要惊吓了你。”

猎人连忙领着唐僧往回走了六七里远，正想停下来，又听大圣高叫：“再走，再走！”他们一直走下山，又走了好几里路。忽听一声震天动地的巨响，两界山地裂山崩。两人惊魂未定，大圣早已跪在唐僧的马前，叫声：“师父，我出来了。”对唐僧恭恭敬敬拜了四拜。起身又向猎人道谢：“有劳大哥护送了我师父一程，又蒙大哥替我脸上除草去沙。”唱了一个大喏，就去收拾行李牵马匹。

唐僧见他实是好心，就问：“徒弟啊，你姓什么，叫什么名字？”大圣说：“我姓孙，名叫悟空。”唐僧说：“好名字。看你这模样，就像个小头陀①，我再给你取个名号叫做‘行者’，好么?”大圣说：“好，好，好。”从此以后，大圣又称孙行者。孙行者，标志着他的人生进入了取经事业的新阶段。

当然，要从神通广大而又桀骜不驯②的孙悟空变成忠于行善除恶的取经事业的孙行者，并不是一帆风顺的。那天，师徒两人正走到一座山前，忽然路边一声呼哨③，闯出六个强盗，手持长枪短剑，吆喝道：“那和尚，留下马匹行李，饶你们性命。若说半个不字，叫你们粉身碎骨!”唐僧吓得跌下马来，行者扶起师父说：“师父别怕，没事的。”唐僧战战兢兢④地说：“他们六条大汉，你小小一个人，怎么敌得过?”行者笑笑说：“师父放心。”转身对六个强盗说：“你们要我们留下行李马匹，我说我要你们留下珍宝钱财，如何?”那伙强盗听了火冒三丈，一齐拥上，朝行者头上抡枪舞剑，乒乒乓乓连砍了七八十下，行者立在中间不动声色。那伙强盗停下来吃惊地说：“好硬的头皮啊!”这时行者才说：“你们也打累了，该轮到我老孙耍耍了。”说完从耳朵里取出金箍棒，晃一晃，一丈多长，将那些强盗一棒一个，全部打死。唐僧看了不忍，指责悟空说：“他们虽是强盗，但也不该死罪，你怎么把他们都打死了？出家人慈悲为怀，你这样伤人性命，如何能做和尚？如何去西天取经?”行者不服气地说：“我不打死他们，他们就要打死你。”唐僧说：“我死也只一条命，你却打死了六条人命。你吓走他们就是，怎么

①头陀(tuó)：指行脚乞食的和尚。②桀(jié)骜(ào)不驯：性情倔强不驯顺。③呼哨：把手指放在嘴里用力吹时，发出的尖锐的像哨子的声音。④战战兢兢(jīng)：形容因害怕而微微发抖的样子。

行凶？”

这孙行者生性高傲，受不得气，见唐僧絮絮叨叨说他的不是，发火道：“你既然说我做不得和尚，上不了西天，算了，我自回花果山去。”赌气纵身一跳，去得无影无踪。

唐僧叹口气，孤零零地收拾行李，独自前进。忽然前面走来了一位老妈妈，唐僧牵着马立在路旁，为她让路。老妈妈问他为何独自行走。唐僧说：“本来还有一个徒弟相随，谁知他不受教诲，已离我而去。”老妈妈说：“我去劝你徒弟回来，我给你一个金箍，你让他戴在头上，我再教你一篇咒语，叫做‘定心真言’，又叫紧箍咒。他不听话，你就念这咒语，他就不敢胡来，保他不会再离开你。”唐僧接下金箍，抬头看那老婆婆，已驾云而起。原来是观音菩萨。唐僧望空拜谢。

行者赌气离去，先到了龙王那里，后来又遇见观音。大家都劝他回去保护唐僧取经，他受到许多仙家的开导，回心转意，急忙转身追赶师父。见师父闷闷不乐地坐在路旁，上前说：“师父怎么不走路，坐在这里干什么？”唐僧说：“你到哪里去了？我等你呢。你来了就好，把包袱里的干粮拿出来吃吧。”行者解开包袱，取出几个粗面烧饼递给师父，忽然看见一个金光闪闪的箍儿，忍不住拿来往头上一戴，嘿！不大不小正好。

唐僧见行者已戴上了金箍，就试着念起了那“定心真言”——紧箍咒。这一念，行者抱头大叫：“痛死我了！”唐僧停下不念，他马上就不痛。行者想用手抓起那箍，那箍却像生根似的再也去不掉。行者拿金箍棒来撬(qiào)，唐僧怕被撬断了，又念起紧箍咒。行者又痛得不得了。唐僧不忍心，住了口，行者马上又不痛了。行者终于明白，痛，是因为师父在念那咒语。就问唐僧这金箍和咒语是哪里来的，唐僧说是观音给的。行者说："原来这箍是观音用来管教我老孙的。今后，我一心一意保护你去西天，再无退悔之意。你也不要再念那咒语了。"师徒俩这才抖擞①精神，奔西而进！

佛即心兮心即佛，心佛从来皆要物。
若知无物又无心，便是真如法身佛。
法身佛，没模样，一颗圆光涵万象。
无体之体即真体，无相之相即实相。
非色非空非不空，不来不向不回向。
无异无同无有无，难舍难取难听望。
内外灵光到处同，一佛国在一沙中。
一粒沙含大千界，一个身心万法同。
知之须会无心诀，不染不滞为净业。
善恶千端无所为，便是南无释迦叶。

①抖擞（dǒu sǒu）：振作。

⑬ 鹰愁涧天龙变白马

行者真心诚意护送唐僧西行。正值寒冬腊月，朔风凛冽(lǐn liè)，大雪封山。他们在盘旋曲折的崇山峻岭中，踏着冰凌艰难地前进。唐僧在马上忽听得呼啦啦一阵水响，就问行者："悟空，是哪里水响？"行者说："我记得这里叫蛇盘山，有个鹰愁涧，想是涧水声音。"师徒两人顺着水声，来到一条山涧旁边，只见水流湍(tuān)急，浪花飞溅。忽然一声巨响，山涧中钻出一条飞龙，推波排浪，蹿上山崖，就来抢唐僧。慌得行者丢了行李，把师父抢下马来就跑。那条龙赶不上唐僧，就张开大口，把白马一口吞下肚去，然后钻进水里，无影无踪。

行者把师父送到山坡上坐定了再来牵马时，只见行李不见马，急得跳到空中，用手搭个凉篷，睁眼四下观看，却不见踪影。行者回来告诉唐僧："师父，我们的马一定被龙吃掉了，四下里找不见呢。"唐僧不信："那么大的马，怎么吞得下呢？你再找找看，准是马被吓跑了。"行者说："师父，我这双眼睛能看一千里路的吉凶。千里之内，蜻蜓展翅我也看得清楚，更何况那么大的一匹马。"唐僧急得流下眼泪，哭着说："马被他吃掉了，这万水千山，我怎能走得到啊！"行者急躁起来，说："师父不要哭，坐着等我，我去找他算账。"他束一束唐僧送他的棉布上衣，撩起自制的虎皮围裙，拿着金箍棒，抖擞精神，半云半雾直奔鹰愁涧，高声叫道："泼泥鳅，还我马来！还我马来！"

那龙吃了白马，正在涧底休息，听见岸上有人叫骂，按不住心头火发，跃浪翻波，跳出水面，看是谁在叫骂。行者见他出来，大喝一声："休走，还我马来！"抡棒就打。那龙张牙舞爪来抓，两个来来往往一场恶战，渐渐地那龙力软筋麻，不能抵御，转身又钻进水底，再也不出来，任你叫骂不绝，他只装耳朵聋，不理你。行者发起神威，使出翻江倒海的本领，一条金箍棒把个彻底澄清的鹰愁涧搅得像泛滥的九曲黄河。

那条龙躲在涧底，被搅得天翻地覆，坐卧不宁，他受不了这气，咬着牙又跳出来，大骂："你是哪里来的泼魔，如此欺我！"行者说："你不用管我是哪里来的，你还了我的马，我就饶你性命。"那龙说："你的马是我吞下肚去了，如何吐得出来？不还你

又怎么样?”行者说：“不还我就拿你偿命。”两个又打斗起来，那龙斗不过，将身子一晃，变成一条水蛇，逃进水草里。

行者一时找不着他，心急火燎，念了一声“唵”字咒语，叫出了当地的山神、土地，向他们打听这条怪龙的来历。二神告诉他说：“鹰愁涧向来没有妖邪，只是山崖陡峭，山涧宽阔，水清见底，鸟儿不敢飞过。因为水清，飞鸟照见自己的影子，往往错认为同群之鸟而投身水里，因此叫鹰愁涧。前些时观音访寻取经人路过此地，救了一条被吊在半空中即将被处斩的小龙。那龙就在此修行，倒也并不为非作歹，只在饥饿时上岸来扑些鸟鹊或獐、鹿吃，今日不知怎么冲撞了大圣。这条涧有千万个洞穴相通。他逃进洞去，一时还难捉拿到他。不过大圣不用发愁，只要请观音来，此怪一定能收服。”行者没法，只好去请观音。

观音说：“那条小龙，本是西海龙王的三太子，因纵火烧了殿上明珠，玉帝把他吊在空中，打了三百杖，定了死罪，是我亲奏玉帝，救他一命。”行者怒气未消，对观音嚷嚷：“你这个慈悲的救主，怎么把条孽龙送到此地作怪，教他吃了我师父的马匹，这如何上得西天?你纵放歹人为恶，不善不善。”观音说：“你这个猴头，不谢我救你之恩，还来嚷嚷。这条龙是我向玉帝讨他来此，专为取经人做个脚力。你想那东土来的凡马，怎能走得了这万水千山?怎能到得了西天佛地?只有这匹龙马，才能走得。”行者这才明白过来，但又着急：“如今他这样惧怕老孙，潜藏水底不出来，如何是好?”观音便与行者同到水边，叫一声：“龙王三太子，南海观音在此，快出来!”那龙翻波跳浪，跃出水来，变成一个人，踏了云头，朝观音行礼说：“蒙菩萨救命，在此久等，还不见取经人来。”观音指着行者说：“这就是取经人的大徒弟。”那龙又害怕又欢喜，说：“他从来不提取经之事，不然我又怎能吃了他的马呢？”观音对行者说：“以后还有归顺的人，若问起时，先提‘取经’之事，自然伏你。”

观音上前，把小龙项上的明珠摘下，从装满甘露的净瓶里抽出杨柳枝，往他身上拂了一拂，吹口仙气，喝声：“变！”小龙的人身立刻变成一匹白马，与他吞下的那匹马毛色一样。观音嘱咐他说：“你用心取经，功成事就，一定能超越凡龙。”说罢告别要去。这里行者一把扯住观音说：“西方之路如此艰难，何时才能功成事就？我不去了，不去了。”观音只得回转，对他说：“你一定要坚定信心，不可懒惰。遇到灾难，我许你叫天，天应；叫

地，地灵。到时候，众仙佛都会来帮助你，我也会亲自来救你。”行者这才谢了观音，放她回去。

行者牵了小龙变成的白马，到山头来见唐僧，高兴地大叫：“师父，马来了！”唐僧抬头看马，见它昂着飞鬃①，举蹄俊逸，身如游龙，体态轩昂，真是一匹追风逐月的好马。一时又惊又喜地问：“徒弟，这马怎么比以前更精神了呢？”行者说明事情的经过，唐僧望空拜谢观音。龙马又低头向师父行礼，请师父跨上马背。唐僧跨上龙马，那龙马知人会意，轻快敏捷，胜过凡马千百倍。

佛说蜜多三藏经，菩萨扬善满长城。
摩诃妙语通天地，般若真言救鬼灵。
致使金蝉重脱壳，故令玄奘再修行。
只因路阻鹰愁涧，龙子归真化马形。

---

①鬃（zōng）：马、猪等颈上的长毛。

⑭ 高老庄八戒从师

过了哈哋(bì)国，除了黑风山盗袈裟①的黑熊罴精、白花蛇精、苍狼精，一路翻山越岭，又走了多日，来到一个村庄。只见竹篱茅舍，曲水溪桥，牛羊归舍，炊烟四起，行者高兴地说："师父，一村好人家，正好借宿。"

原来这里是乌斯藏国的高老庄。这时，一个急匆匆赶路的人与行者撞了个满怀。行者问他为什么走得这么急，他说要去请法师降(xiáng)妖，因为高太公家招了妖怪女婿。行者一听降妖怪就来了劲，对他说："算你运气好，正好撞着我，你不必到别处去找了，我们是去西天取经的，专会降妖除怪。"就这样，他们住进了高太公的家。高太公告诉他们，他有三个女儿，大女儿、二女儿都出嫁了，只有小女儿在身边，名叫翠兰。本想给小女儿招个女婿来家，好有个依靠。三年前，来了一个男子，说是福陵山人，姓猪，孤身一人，愿做上门女婿，高家就招了他。高太公说："这女婿初来时，耕田种地不用牛，干活也勤快，我当然喜欢。可是后来不对了，他会变嘴脸！"行者问："怎么变法？"太公说："变成一个长嘴大耳朵的呆子，脑后又有一溜鬃毛，头脸

①袈裟：和尚披在外面的法衣，由许多长方形小块布片拼缀制成。

就像个猪。很会吃，一顿要吃三五十斤米饭，早点心也要上百个烧饼才够。”唐僧说：“只因他会干活，力气大，才会吃啊。”太公说：“这都还是小事，最可怕的是他云来雾去，走石飞沙，吓得我一家和左邻右舍不得安宁。亲戚朋友都说我家招了个妖怪女婿，再也不敢登门了。我要退亲，他索性把翠兰锁在后面房子里，已有半年不曾与我们见过面。我请过好几位降妖的法师来降他，都被他打跑了。”行者说：“高老只管放心，老孙今夜为你拿住妖怪，还你女儿。”高太公非常高兴，问行者要多少跟随，什么兵器，好做准备。行者一样也不要，只要高太公找几个年高有德的老人来陪师父聊天，免得师父寂寞。

行者让太公带他到后院，只见门户上了锁——是一把用铜汁灌严的锁，无法打开，行者用金箍棒捣开门窗，救出太公的女儿，父女俩相抱哭了一场。行者对翠兰说：“不要哭，我来问你，妖怪哪里去了？”翠兰说：“他天明就去，夜晚才来，来去走石飞沙，不知道他的去向。”行者让太公把女儿带出去与家人团聚，自己摇身一变，变成与高翠兰一模一样，独自坐在房里等妖精。

过了一会儿，一阵风来，果然走石飞沙，倒树摧林，房上瓦片翻搅，屋里梁摇柱晃。狂风过后，半空里来了个妖精：黑脸短毛，长嘴大耳，穿一件青不青、蓝不蓝的大布袍，还在大布袍外系上一条花布长腰巾。行者看了好笑，心想真是个爱打扮的丑八怪，就睡在床上看他怎么样。那怪不识真假，进房就往床上摸过来，行者托起那怪的长嘴，“噗”的一声把他掼下了床。那怪爬起来扶着床沿说：“姐姐，你怎么今日有点怪我？一来就推我跌一跤。”行者说：“不怪，不怪，只是今日晦气到了。”那怪说：

“你恼什么？怎么说晦气呢？我到你家，虽然会吃一点，但也不曾白吃你家的。我替你家扫地通渠，搬砖运瓦，筑土打墙，耕田耙地，种麦插秧，创立家业，你为什么要说晦气呢？”行者说：“你当了我家的女婿，虽然勤快，但我父亲很怪你没些礼数，云来雾去，走石飞沙，识不透你是哪里来哪里去，姓啥名谁。”那怪说：“我来时与他讲过，他愿意才招我的，今日怎么又说这话？我是福陵山云栈(zhàn)洞人。我以相貌为姓，所以姓猪，官名叫猪刚鬣。他如再问，你就这样说好了。”行者暗喜：“这怪倒也老实，不打就招了地点姓名，不怕抓不到他了。”又说：“我爹要请法师来捉你呢，所以我说你晦气到了。”那怪听了笑道：“我有三十六般变化，九齿的钉耙，就是请下九天荡魔祖师来，他也不敢怎样。我和他还是旧相识呢。”行者说：“他们请的是五百年前大闹天宫的齐天大圣来拿你呢！”那怪听了害怕起来，说：“既是这样，我回福陵山避一避去吧。那闹天宫的弼马温是有些本事的，我怕打不过他。”他开了门往外就走，被行者一把扯住，将脸一抹，现出本相，喝声：“妖怪哪里走，你看我是谁？”那怪转身一看，见是行者，慌了手脚，挣破衣服，化作狂风脱身而去。

行者一直追到福陵山云栈洞前，那怪从洞里扛出一柄九齿钉耙来战。行者喝一声：“泼怪，你是哪里来的妖魔，知道我老孙的名号？从实招来，饶你性命。”那怪站在洞前说：“你要知道我的来历吗？我也不是等闲之辈，告诉你，我原是天河里总督水兵的天蓬元帅，只因带酒戏弄嫦娥，被玉帝打了两千锤，贬下界来，我投胎再生时走错了路，投到母猪肚子里，生下来得了个猪头人身。我来这里给卯二姐做了上门女婿，成了这里的家长。卯

二姐死了，我又去高老庄做了上门女婿。我与你这个弼马温有什么相干？你如此欺我，不要无礼，吃我一耙。”他两个在半山中一直战到黎明。那怪两臂酸麻，抵挡不过，依旧化作狂风，逃进洞里，再不出来。

行者怕师父等候，先回高老庄，向师父说了妖怪的情况。高太公见没有捉住妖怪，就急了，说：“长老，你虽赶他走了，等你们去后他又回来，却怎么办？还是请你替我拿住，方除后患。”行者说：“他也是天神受罚来到人间，这几年为你家干了不少活，又不曾害了你女儿，留下他罢。”高太公更急了，说：“不行，不行，人家说我家招妖怪女婿，这可受不了。”唐僧也说：“行者，你就帮他一下吧。”行者这才点点头，说：“好吧，我这就去。”

一瞬间，行者又来到云栈洞口，一顿棍棒，把两扇门打得粉碎，叫骂道：“那吃糠的笨猪，快出来与老孙打呀！”那怪听见门被打破，拖着九齿钉耙跑出来，气呼呼地说："你这个弼马温又来打破我的大门，你以为我怕你吗？要你知道我这九齿钉耙的厉害！"说完举耙来打。行者笑着挡住说："你那耙是给高家种地的吧，有什么用？"那怪说："你弄错了，我这耙是太上老君与众神仙煅炼出来的神冰铁，花了许多年才造成，献给玉帝作为镇天宫之宝。这是我封为天蓬元帅时玉帝钦赐的宝贝，哪里是凡间之物！"行者收了金箍棒说："不要说大话，我把头伸在这里，让你筑一下，看看你的耙有多少分量！"那怪果真举起耙朝行者头上猛筑下来，"噗"的一声，筑得火星四溅，行者的头却没有伤着一点皮。吓得那怪手软脚麻，收了耙喘吁吁地说："你这猴头，我记得你闹天宫时，家住在花果山水帘洞，好久没有你的消息，怎么今天到这里来欺侮我？"行者说："我老孙承观音教导，早已改邪归正，保护一个东土大唐来的三藏法师，往西天去求取大乘真经。路过高老庄，高太公说他家出了妖精女婿，请我来捉拿你。"那怪听了连忙丢下钉耙上前向行者行了个礼说："那取经人在哪里？你为何不早说，只顾打我。我也受观音劝善，在此等他同去西天取经，求个正果。快快引我去见师父。"行者说："你不是在找脱身之计吧？果真是要保护唐僧去取经，你就烧了此洞，让我捆了你去见师父，免得逃了。"那怪果然一把火烧了洞穴，倒背着手任凭行者将他捆绑起来，又顺从地让行者揪着他那大耳朵，半云半雾一同来到高老庄。

那怪走到唐僧面前，双膝跪下，背着手叩头，高叫："师父，弟子失迎。"就把观音劝善的事说了。唐僧很高兴，叫行者给他松了绑，他又重新拜过师父，又拜行者为大师兄。唐僧要给他起

个法名，他说观音已给他取了，叫猪悟能。唐僧说："你师兄叫悟空，你叫悟能，很好。你既拜我为师，同去取经，就要吃素持斋，严守戒律。我再给你取个别名，叫'八戒'。"就这样，西行路上不仅有个鼎鼎大名的孙行者，又有个人人熟知的"猪八戒"。

高太公见八戒拜师从善，西行取经，也很高兴，安排了一桌素菜宴席，既是酬谢唐僧与行者，又为他们三人送行；还做了一件青锦袈裟，一双新鞋，送给八戒。尽管八戒有点恋恋不舍，但还是真心诚意地随唐僧起程西行。

金性刚强能克木，心猿降得木龙归。
金从木顺皆为一，木恋金仁总发挥。
一主一宾无间隔，三交三合有玄微。
性情并喜贞元聚，同证西方话不违。

⑮ 流沙河沙僧渡法船

师徒三人离开了高老庄，闯过了八百里黄风岭，又来到一条大河边。只见河水浩荡，无边无际。在岸边，看到一个石碑，上写三个篆体①字“流沙河”，下面四行小字：

八百流沙界，三千弱水深。

鹅毛飘不起，芦花定底沉。

真是一条可怕的死亡之河，连鹅毛和芦花都要沉下去的河，不可能有船可以横渡。唐僧烦恼，悟空、八戒也心惊。正当他们发愁的时候，忽然河面浪涌如山，波翻若岭，“哗啦”一声，河中钻出一个妖怪，样子十分狰狞：一头像火焰一样乱蓬蓬的红头发，一张晦气色的蓝灰脸，声音像老龙叫，项颈下挂着九个骷髅。他手持宝杖，像旋风一样奔上岸来就抢唐僧。行者眼疾手快，将师父抱住急急登上高处，八戒放下行李担，抡起钉耙就向妖精打去。那怪用宝杖迎战，两人在流沙河岸打了二十多回合，不分胜负。行者看他们打得难解难分，叫师父坐好，掣出金箍棒

①篆(zhuàn)体：汉字形体的一种。秦朝整理字体后规定的写法。

就往那怪头上打下来，那怪慌忙躲过，钻进流沙河中，无影无踪。

怪是打跑了，河还是过不去——行者、八戒可以腾云而过，唐僧却毫无办法。行者想了想说：“那怪住在这条河里，一定深知这里的水性，拿住他，不要打杀，叫他来送师父过河，倒是个办法。不过那怪不出来，只有到水底去寻他才好。”八戒说：“老猪当年总督天河，掌管八万水兵，知道些水性，只是怕我下去后，他如有个七窝八代的来一帮人，弄他不过。”行者说：“你下水去找到他，与他交战，假装打败，让他追你，然后把他引上岸来，我就好抓住他。”八戒说：“好主意，我就去。”八戒舞着钉耙，分开水路，使出当年天蓬元帅的本领，钻到水下。那怪躲在水底，听见水响，抬头看见八戒推水而来，急忙举起宝杖来打。八戒用耙架开说：“你是什么妖精，在流沙河作怪？老实招来，饶你性命。”那怪说：“我可不是什么妖精，我本是玉皇大帝殿前的卷

帘大将。你胆敢行凶到我门口，吃我一杖。”八戒笑着说：“你那个什么‘哭丧杖’有多少本事？”那怪说：“我这宝杖是月中仙人吴刚①伐下的桂树枝，鲁班②大师亲自制造。中间用金条衬心，外面用珠宝包裹，名叫‘降妖宝杖’，长短粗细都随心意，是玉帝所赐的灵霄宫中镇殿之宝，哪像你那个锄田种菜的锈铁耙。”说罢抡起宝杖来，八戒更不示弱，从水底一直打出水面。行者忍耐不住，撇了师父，跳到河边，掣出金箍棒向妖怪劈头就打。那怪不敢迎战，“嗖”的一声，又钻进水里不出来了。八戒急得直嚷：“你这急猴子，慢一点出来不行吗？看你把他吓跑了。”行者说：“我看你们打得热闹，忍不住了。你再去吧，这次我不再性急了，引他上岸，你在河边拦住以后，我再来捉他。”

八戒抖擞精神又下水。那怪听见水响，跳起来就打。两人在水里又斗了三十多回合，八戒假装打败，拖了钉耙就走，那怪赶来，到了岸边。八戒叫道：“有本事的，上岸来打，与你比个高低。”那怪笑着说：“你想哄我上去，又叫帮手来打我？你有本事就下来，还在水里斗。”就这样，那怪再也不肯上岸，他们怎么也抓不住他，流沙河也就无法过去，唐僧急得流下了眼泪。行者说：“师父不要烦恼。八戒在此守护师父，我去南海找观音想办法。”八戒与唐僧嘱咐行者快去快回。

行者纵起筋斗云来到南海普陀山，走到紫竹林外，早有二十四路天神前来迎接，把行者引到里面。他见观音与龙女在宝莲池

---

①吴刚：神话人物。相传为月宫里的仙人，后世有“吴刚伐桂”的故事。
②鲁班：中国古代建筑工匠。相传发明多种木作工具，被后世工匠、木匠尊为“祖师”。

边扶着栏杆看荷花，忙整衣参拜，向观音诉说了渡流沙河的困难。观音听了说：“你说的那流沙河的妖怪，早已被我劝化，愿做唐僧徒弟，一起去西天取经，我还指沙为姓，给他取了法名叫‘悟净’，他怎么还与你们打斗，不帮你们渡河？一定是你们没有向他说清楚你们就是取经人。”行者心想，自己是没有说，八戒大概也没说吧！观音又说：“他本是玉帝灵霄殿上的卷帘大将，因为在蟠桃会上不小心打碎了一只玻璃盏，玉帝把他打了八百杖，贬到流沙河来受苦。还要七日一次用飞剑来伤害他，弄成目前这副模样。你如果说出是东土来的取经人，他一定会出来归降。”观音取出一个红葫芦给徒弟惠岸，叫他跟行者一起到流沙河去。

八戒与唐僧看见行者与惠岸同来，上前迎接。惠岸向河中高声叫：“悟净，悟净，取经人在此，你怎么还不出来拜见？”那怪果然跳出水面，认得惠岸，急问：“取经人在哪里？”惠岸用手指

着说："那东岸坐着的不是?"那怪看了看八戒和行者说："他们与我斗了两日，哪里是取经人?"惠岸说："这是孙行者和猪八戒，是你的大师兄、二师兄，我带你去见师父唐僧。"那怪这才跳上岸，整整衣服，来到唐僧面前，双膝跪下，说："师父，弟子有眼无珠，不认得师父尊容，多有冲撞，万望恕罪。"唐僧、行者、八戒听了都很高兴。

唐僧看了看那怪满头乱蓬蓬的红头发，说："悟空，取戒刀来，与他落了发。"行者依言，拿来戒刀。唐僧给他剃了头，又给他取了个别号，叫"沙和尚"，也称"沙僧"。

惠岸将葫芦交给他，叫他做法船渡唐僧过河。他将项颈下挂的九个骷髅取下，用绳子结好，将红葫芦安在中间，放在水中，就变成一只大船。唐僧登上这法船，坐在中间，左有八戒扶持，右有沙僧护驾，孙行者在后牵着龙马。上空有惠岸驾云护送，风平浪静，平安渡过了八百里流沙河。上了岸，惠岸收了红葫芦告辞而去，九个骷髅顿时化作九股冷风飘然而逝。

一头红焰发蓬松，两只圆睛亮似灯。
不黑不青蓝靛脸，如雷如鼓老龙声。
身披一领鹅黄氅，腰束双攒露白藤。
项下骷髅悬九个，手持宝杖甚峥嵘。

⑯ 五庄观偷吃人参果

西天路上有座好山，名叫万寿山；山中有个道观，名叫五庄观；观里有位神仙道号镇元子，人称镇元大仙。五庄观里有件稀世珍宝：人参果。人参果长在一株与天地同生的神树上，三千年开一次花，三千年结一次果，再三千年果子才成熟。这人参果要将近一万年才能吃一次，而这一万年又只结三十个果子。果子的模样像个小孩：有手有脚，四肢俱全；有鼻有眼，五官皆备。人闻一闻那果子，就活三百六十岁；吃一个，就活四万七千年。

那天镇元大仙带着他的弟子到上清天听道，只留两个最小的道童看家，一个叫清风，一个叫明月。临走时，大仙吩咐两个道

童："过几天，大唐的圣僧唐三藏要经过此地，你们好生招待，采两个人参果给他吃，不可怠慢了。"说完与众弟子去了天界。

历尽了险山恶水的唐僧师徒，来到这个幽雅秀丽的地方，只见青松翠竹间彩云缭绕，淙淙山泉旁柳丝袅袅。山花烂漫，鹤舞鸟啼，真是仙辈之乡。师徒四人进了五庄观，见那二门上一副对联写得好气派：长生不老神仙府，与天同寿道人家。

二门里，清风、明月两童子已迎了出来，问道："老师可是大唐往西天取经的唐三藏？"唐僧回答："贫僧就是。"二童说："我师父去听道了，临行时吩咐我们迎候唐师父，请进内。"说完将唐僧师徒引到观内休息。这时行者去放马，沙僧去收拾行李，八戒借锅去做饭。二童见三人走开了，就回到房里，拿了金击子和用丝帕垫好的丹盒，同到后面人参果园中，一个上树用金击子击果，一个在下用盘小心承接。敲下两个果子，接在盘中，捧给唐僧说："唐师父，我五庄观地处荒山野岭，无物可奉，特献上素果两枚，暂为解渴。"唐僧一看，盘中的果子就像坐着的两个小孩，吓得一面后退，一面说："胡说！胡说！小孩怎么可以当果子吃，你们这观里怎么吃人？"明月上前解释："唐师父，此物叫人参果，不是小孩，是树上长出来的。"唐僧还是不信："乱谈！树上会结出人来？拿过去！拿过去！"两个童子见唐僧坚决不肯吃，就带回房中美美地分吃了，一边吃一边还说唐僧不识货。

谁知隔墙有耳，隔壁就是厨房，正在做饭的八戒前前后后都听到了，馋得他直流口水。行者正牵马过来，八戒招手把他叫来说："这观里有件宝贝你可知道？"行者问："什么宝贝？"八戒笑着说："告诉你，你也不曾见过，拿给你，你也不认识。"行者说："这呆子笑话我老孙，老孙五百年前寻仙访道，天宫海底哪里没有去过，什么东西不曾见过？"八戒说："哥啊，人参果你曾见过么？"行者惊道："这个真不曾见，但听说过，哪里有？"八戒说："这里就有哇！"于是把刚才的事讲给行者听，还说："怎么弄一个来尝尝新呢？我看还是你灵活，去他那园子里偷几个来如何？"行者说："这个容易，老孙去，手到擒来。"急抽身就走，八戒又一把扯住说："哥啊，我听他们说是拿什么金击子去打哩，小心，不要走漏风声。"行者说了声"晓得"，就走了。

行者使个隐身法，到道房一看，见窗上挂着一个三尺长的赤金条，下面像个大蒜头似的，估计这就是"金击子"了，拿了就去后院。推开院门，是个美丽的大花园。花园正中有棵参天大树，树叶像是芭蕉模样，青枝绿叶，十分茂盛。行者往上一看，只见南枝上露出一个人参果，真像小孩一样，尾间有个蒂头，长在枝上，风过处手脚乱动，摇头晃脑。行者暗暗夸赞："好东西

呀，果然罕见。”他“嗖”的一声蹿上树，拿出金击子敲了一下，那果子“噗”的落了下来，可是转眼间就消失不见了。急得他念个诀，把土地叫来，说：“这树上结的果子，空中过鸟也该有份，老孙偷它一个又何妨？怎么刚敲下一个你就捞了去呢？”土地说：“大圣错怪了。这果子是地仙之物，小神是个鬼仙，连闻闻的福气也没有，怎敢拿去？这果子不仅要金击子才打得下来，还要用丝帕垫衬的盘子接住。大圣方才打落地上，它就钻下去了。这土已有四万七千年，比铁还硬呢。”行者用金箍棒击了一下，果然痕迹也没有，方信为真，让土地回去了。行者一手拿着金击子，一手提起衣襟做个兜子小心接住。打了三个，兜在衣襟中，来到厨房找八戒。八戒见了问：“哥哥，可有么？”行者说：“这不是？也不要背着沙僧，把他叫来。”八戒叫了沙僧进来，行者放开衣兜说：“兄弟，这是什么？”沙僧见了说：“人参果，王母蟠桃会上见过。”行者问：“吃过么？”沙僧说：“未曾吃过。哥哥，可与我尝尝？”行者道：“不消讲，兄弟们一家一个。”

八戒早已馋涎(xián)欲滴，一把抓过果子，连忙往大嘴里塞，还来不及嚼，就已“骨碌”一声囫囵(hú lún)吞下了肚，却白着眼胡赖：“哥哥，我吃忙了些，不像你们细嚼慢咽，尝出些滋味。哥啊，再去弄个来让我仔细尝尝。”行者说：“兄弟，你好不知足！这果子一万年才结得三十个，你吃上一个，已是天大的福分了！”说完将金击子丢进道房，转身走了。

三藏西临万寿山，悟空断送草还丹。

丫开叶落仙根露，明月清风心胆寒。

⑰ 观世音甘泉医宝树

八戒嫌人参果没吃够，还在絮絮叨叨，不想却被两个道童听见了。清风心疑说："那长嘴和尚在说吃人参果呢。"明月回头一看说："不好了，金击子怎么丢在地上？"两人急忙赶到人参果树下，数了果子，不得了，少了四个。来到殿上，指着唐僧乱骂。唐僧被骂得莫名其妙，只得叫三个徒儿出来弄个明白。沙僧听见说："不好，走了风了。"行者说："活羞煞人，若说出来，是我们偷吃了。"八戒说："正是，正是，赖了吧。"

三人来到殿上，唐僧问他们，是谁偷吃了人参果。八戒说："我老实，不晓得，不曾见。"唐僧说："我们出家人不说谎话，不吃昧心食，如果吃了，应该赔礼，不要抵赖。"行者觉得师父说得有理，就实说了："是八戒听见隔壁两个道童吃人参果，他想尝尝新，老孙去打了果子，我兄弟三人各吃了一个。"

两个童子说少了四个，不是三个。八戒听了又说行者自己先多吃了一个，只拿三个回来分，嘟嘟囔囔，怪行者吃了偏食。两个童子越加不绝口地乱骂，把行者骂得钢牙咬响，火眼睁圆，拔了根毫毛变成自己，站在这里听骂，真身跳出直奔人参果园里，掣出金箍棒往树上噼噼啪啪猛打，用移山推岭的神力，把树推倒，说："骂吧，骂吧，叫你们都吃不成！"然后回到殿上把毫毛

一抖，仍旧站着听骂。

两个道童骂了个够，又想树大叶茂不易看清，需要再去数数看，到底少了几个人参果。两人一到园子里，直吓得腰酸腿麻，魂飞魄散，别说一树的人参果全完了，树也倒了，连根都翻起来了！急得他们倒在地上哭叫："怎么好！怎么好！断了我五庄观的仙苗，师父回来，该如何向他交代？"

两人哭了一阵，觉得哭也哭不活树，骂也骂不活树，打吧，又打不过。商量了一下，只有把他们锁住，等师父回来处置。于是，二人故意不动声色，拿好茶好饭招待唐僧师徒。等四人到齐吃饭的时候，"吧嗒"一声把门反锁，从内殿到前山门①、二山门通通上了锁，然后转身来大骂："贪嘴的秃贼，偷吃了仙果不算，胆敢把仙树推倒，断我五庄观的仙根，还说要去西天取经，等死吧！"唐僧一听，吃不下饭了，埋怨行者："你这猴头闯祸，偷吃了他果子就该挨他的骂，怎么又推倒他的树？告起状来，就是你老子做官也说不通。"行者说："师父莫恼，等他们睡熟，我们连夜起身。"

等到夜深人静，行者用金箍棒往门上一"指"，使个"解锁法"，门扇大开。他领着大家一路"指"去，通行无阻，出了大门，请师父上了马，叫八戒、沙僧扶持。他又转身回去，从腰里摸出两个瞌睡虫，从窗眼里弹进去，弹到两个道童的脸上，叫他们鼾(hān)鼾沉睡，再也醒不过来，然后赶上唐僧，顺大路一直西奔。

①山门：佛寺或道观的大门。寺院多居山林，故名"山门"。

镇元大仙自天界率众徒回到五庄观，见清风、明月两人沉睡不醒，给他们喷了水，解了睡魔。两人睁眼见到师父，慌忙叩头，哭着诉说了唐僧师徒大闹五庄观的经过。

大仙听了十分恼怒，踏上云头赶来，看见唐僧师徒正在树下休息。大仙变作一个云游道人，来到树下，对唐僧行礼道：“长老从哪里来?”唐僧忙答礼：“贫僧是东土大唐去西天取经的。不知仙官在何宝山?”大仙笑了笑说：“万寿山五庄观。长老可曾在荒山经过?”行者知道不好了，忙回答：“不曾，不曾。”大仙指着他说：“你这泼猴，打倒了我的人参果树，还不招认。趁早还我树来!”行者掣出金箍棒没高没低乱打，大仙让了他两三回合，把袍袖迎风轻轻一展，使了个“袖里乾坤”手段，“呼”的一下把四僧一马一袖子笼进。八戒在袖子里举耙乱筑，看着都是软的，筑起来却比铁还硬。

大仙乘祥云回到五庄观，像倒木偶人那样从袖子里把四僧一马倒出来，将四人一个个绑在殿柱上，叫道：“拿龙皮七星鞭来，打一顿与我人参果树出气。”一个小仙

执鞭上来问："先打哪个？"大仙说："先打师父唐三藏。"行者怕师父被打坏，忙说："先生差了。偷果子是我，吃果子是我，推倒树的也是我，怎么不先打我，打他做什么？"大仙笑笑说："这泼猴倒有点义气，就先打他。"行者看他往腿上打来，把腰一扭，叫声"变"，就变成两条铁腿，任他抽打。看看天黑了，大仙只得让众弟子归房休息，明天再作处置。

行者看看两条铁腿，打得像镜子一般通亮，却不知痛痒。师父呢，绑在柱上流泪。等到夜深人静，行者把身子缩了缩，脱出绳索说："师父，走吧。"他解下唐僧，放了八戒、沙僧，牵了马匹，拿了行李，一齐出了观门。又叫八戒伐了四棵柳树，回来照样绑在四个殿柱上，念动咒语，叫声"变"，一棵变成唐僧，一棵变成自己，另两棵变成八戒和沙僧，不仅模样相同，同他说话，叫他姓名，还会答应哩。

第二天，镇元大仙来到殿上，说今天要打唐三藏了。小仙挥着鞭子对"唐僧"说："打你哩！"那棵树答应道："打吧。"乒乒乓乓打了三十下。又对"八戒"说："打你哩！"那棵树也答应："打吧。"打到"沙僧"，也一样。直到打了行者后，已在途中的行者收了法，道童才发现打的原来是四棵柳树，丢了鞭慌忙报告大仙。大仙听了笑道："这猴王果然了不得，怪不得当年敢大闹天宫，好手段！我可不肯饶他。"驾起云头赶去，又一袖笼将四僧一马抓回来。

这次，架起了一口大油锅，把油烧得沸腾滚烫。大仙叫道："先把孙行者抬过来丢进油锅。"出来四个仙童，抬不动行者；八个，也抬不动；二十个仙童才抬了起来，往锅里一掼，"轰"的一声滚油飞溅。只听见下面烧火的小童喊："锅漏了！锅漏了！"果然，锅底打破，油已漏完。原来掼下去的是一只石狮子。行者早已把个石狮子变成自己模样，让他们抬起掼下油锅，自己呢，却站在云端看热闹。

大仙气愤地说："这个泼猴，不该倒了我的灶。这样吧，换上新锅，炸唐三藏。"行者在半空中听见，心想不好，救师父要紧，跳下来上前叉手说："不要炸师父，我来下油锅。"镇元大仙见他上前来，一把扯住说："我知道你的本事，也听说了你的英名，只是你这次实在欺人太甚。我本来叫徒弟好好招待你们，谁知你不但偷了人参果，还推倒我人参果树。就是到了西天佛祖那里，也是你理亏。要我饶你可以，只要还我的人参果树。"行者说："你这先生，何不早说？省了一场争执。你放了我师父，我还你一棵人参果树如何？"大仙说："你若有此神通，医得树活，我与你八拜为交，结为兄弟。"大仙谅他跑不了，就叫放了唐僧、八戒、沙僧。

行者别了师父，一个筋斗先到蓬莱仙岛找福、禄、寿三星，再来到方丈仙岛找东华帝君，又到瀛洲找九老仙人，都说医不活人参果树。最后，行者来到普陀落伽山，拜请观音。观音先责怪行者说："你这猴头，当了取经人，该处处修善积德，普济众生，岂能偷人宝贝，毁人宝树？师兄弟中你居长，又岂能为首胡闹？是你的不是。"行者说："偷他的果子，我已知错，只是那两个童子骂不绝口，骂得我发了火，才打倒他的树。"观音说："这是你错上加错，知错不改。"行者说："弟子知错，以后不敢。"观音说："以后不可胡来，要像个取经人的样子。走吧，我去帮你医

树去。”行者这才满心欢喜。观音手托净瓶，瓶中斜插杨柳枝，前面有白鹦哥引路，后面孙行者相随，驾起祥云，来到五庄观。

镇元大仙听说请得观音到来，连忙接迎观音。唐僧师徒及本观众仙都到园内观看观音医树。只见那棵树连根翻起，已经叶落枝枯。观音叫悟空伸出左手来，将柳枝蘸上净瓶中的甘露，在行者手心里画了一道起死回生的符，教他放在树根之下。行者手捏着符，贴在树根底下的泥土上。等了一会儿，树根下面有了一汪甘泉。观音叫拿玉瓢来舀水。大仙说：“贫道荒山，没有玉瓢，只有玉茶盏、玉酒杯，可以用么？”观音说：“只要是玉器都可以。”于是找出了几十个玉杯子、玉酒盏，将根下甘泉中的水舀出。行者、八戒、沙僧扛起树，扶得周正，埋进土里，将玉器中的甘泉水一一捧给观音，观音口念经咒，将杨柳枝细细蘸水洒在树上，直至把舀出的水全部洒尽，那棵树渐渐枝舒叶展，果真活过来了，依旧绿叶茂盛，郁郁葱葱；原来上面结着的人参果，也依旧一个个长在枝头。清风、明月两人数了数，有二十二个，比那天多了一个。行者说：“那天我只偷了三个，落下一个不见了，土地说是遇土而入，如今不又回来了？可见我老孙没说谎吧！”

宝树复活，大家欢喜。大仙叫拿金击子来，敲了十几枚果子做“人参果会”，请观音坐了上座①，大家相陪，每人都吃一个。这次唐僧知是仙家宝贝，也吃了一个，就是行者、八戒、沙僧，也各吃了一个——这次可是堂堂正正、舒舒服服地吃，就是八戒也不心慌性急，细细品尝到人参果的滋味了。送走观音菩萨后，镇元大仙又安排酒席，与行者结为兄弟。第二天，师徒四人告别大仙，又踏上了西去的征途。

万寿山中古洞天，人参一熟九千年。
灵根现出芽枝损，甘露滋生果叶全。
三老喜逢皆旧契，四僧幸遇是前缘。
自今会服人参果，尽是长生不老仙。

---

①上座：上首的座位，受尊敬的席位。

⑱ 孙悟空三打白骨精

唐僧师徒来到阴森可怕的白虎岭，行者舞着铁棒一路吼叫着前进。唐僧在马上说：“悟空，我肚子饿了，你去化点斋来吃。”行者赔笑说：“师父，这荒山野岭里没有人家，哪里有斋可化？”唐僧听了不高兴，说：“我在两界山救你出来，收你做徒弟，怎么这样懒惰，我肚子饿你也不放在心上。”行者只好说声：“师父休怪！”纵身远山去寻果子。

这时有个妖怪正踏着阴风过来，看见唐僧坐下休息，不胜欢喜，心想：“都说吃唐僧一块肉可以长生不老，今天实在难得！”不过它看见唐僧身边有两个徒弟护卫着，不便硬拿，鬼眼一转，心生一计。它停下阴风摇身一变，变成个花容月貌的女子，左手提个青砂罐，右手拿个绿瓷瓶，莲步轻移，直向唐僧走来。唐僧见了，说：“刚才悟空说这里荒山野岭没有人家，你们看，那不是一个人来了？”八戒上前一看，是个俊俏女子，忍不住胡言乱语起来：“女菩萨，哪里去？手里提着什么东西？”那女子满面春风地说：“师父，我这青罐里是香米饭，瓷瓶里是炒面筋，拿来献给师父们吃的。”那妖怪正好击中八戒贪吃、好色两个毛病，弄得八戒昏了头，欢喜得跑了个“猪角风”，告诉唐僧说：“斋僧的来了！”说着，那女子已经到了唐僧面前，俏言俏语地说：“师父，我家就住在山的西面，父母信佛行善，我们经常送饭给远近的僧人吃，这饭就请师父吃吧。”唐僧问：“荒山野岭里，你一个女子为什么独自行走呢？”女子笑眯眯地说：“我丈夫在山北锄地，父母年老，不便出来，我只好自己送饭给丈夫吃，现在遇见你们，这饭就给你们吃吧。”唐僧听说本是送给她丈夫的饭，就说不该吃，可那妖怪一定要请他们吃。让来让去，在一旁的八戒忍不住了，嘀咕道：“现成的饭，三份儿不吃，只等那猴子来，要分成四份儿！”把罐拱倒就要动口。

就在这时，行者摘了一钵盂桃子赶来，睁大火眼金睛一看，认得女子是妖怪，放下钵盂，举起金箍棒就要打，吓得唐僧连忙扯住说：“悟空，你怎么上来就打人？”行者说：“它不是人，是妖精。”唐僧说：“你这猴头胡说，这女菩萨送饭来给我们吃，怎么说她是妖精？”行者见师父扯住他一定不让打，心中焦躁，挣脱了手，举棍就向妖怪劈头打去。

那妖怪很有些手段，使个“解尸法”，行者的棍子下来时，它真身先走了，把个假尸留在地上。唐僧吓得战战兢兢，责骂行者：“你这猴头，无故伤人性命！”行者说：“师父莫怪，你看这罐子里是什么？”大家一看，原来是许多臭蛆（qū）虫和几只癞蛤蟆，还在乱爬乱跳呢！唐僧这才有点信了。可是八戒没有吃到饭，非常恼恨，在一旁说起行者的坏话来：“这女子分明是送饭给我们吃的好人，怎么说她是妖怪？哥哥棍重，将她打死了，又怕你念紧箍咒，故意使个障眼法，把饭菜变成蛆虫和蛤蟆哄你。”

唐僧信了八戒的胡说八道，叽里咕噜地念起了紧箍咒，行者头上那个箍就越收越紧，痛得直叫：“师父莫念，莫念！有话好

尸魔三戲唐三藏

说。”唐僧说：“出家人以善为本，你怎么平白无故打死好人？我不能要你这种行凶的人做徒弟。”行者说：“你不要我做徒弟，只怕你西天去不成。”唐僧说：“行凶作恶，还走什么西天路，求什么大乘经？你回去吧。”行者连忙跪下叩头：“师父，你把我从五行山下救出来，同奔西天之路，我今天回去了，是没有报答你的恩德。我若不与你同上西天，也显得我老孙有始无终。我不回去。”唐僧见行者如此说，也就回心转意：“这次饶了你。如再作恶，这紧箍咒就念二十遍。”行者连连答应，又把桃子奉上请师父吃。

那个妖怪呢？它逃到云端，咬牙切齿道：“只要那唐僧低头吃饭，我就一把捞去了。偏来了孙悟空这个死对头，识破我的圈套，还几乎被他打了一棍。他的手段果然名不虚传，不过我也不会轻易饶过他们！”

妖精按落阴云下来，变成个八十多岁的老太婆，手拄一根弯头拐杖，一步一声地哭着走来。八戒见了大惊，连忙叫道：“师父，不好了，那妈妈来寻女儿了。”行者说：“兄弟莫胡说，那女子不过十八岁，这妈妈有八十多岁，哪有六十多岁还生孩子的？我去看看。”行者上前一看，认得就是那个妖精，举棒就打，那妖怪真身又逃走，再把个假尸留在路边。唐僧吓得滚下马来，二话不说，只把紧箍咒念了二十遍，可怜把行者的头勒成了个细腰葫芦，疼痛难忍，滚来滚去哀告道：“师父莫念了，有什么话直说了吧。”唐僧道：“有甚话说？你又平白无故地打死一个人！”行者说：“它是妖精。”唐僧说：“胡说，就有这许多妖精？你是无心向善之辈，有意作恶之人，你去吧。”行者说：“师父又叫我回去，只是有件事处置好了我才好走。”唐僧问：“你有什么事？”八戒插嘴说：“师父，他要和你分行李呢，跟着你做了几年和尚，不能空着手回去。你把包袱里的旧衣旧帽分给他一点就是了。”

行者气得暴跳起来，骂八戒道：“你这个长嘴笨货，我老孙随师父取经，何曾有过一点贪心、私心？要分什么行李！”唐僧问：“那你为什么还不去？”行者说：“老孙五百年前在花果山水帘洞时，也是堂堂正正的美猴王，我头上原没有这个金箍儿。跟你做了徒弟，才将这金箍儿套在我头上。你要我走，就得念个松箍咒，把它退下来，我才好回去。”唐僧吃惊地说：“啊呀悟空，当时观音只教我紧箍咒，没教我松箍咒呢。”行者说：“没有松箍咒，你还得带我去西天走走。”唐僧没奈何，只得说：“我再饶你一次，以后再不可行凶了。”

那妖精在半空里不禁暗暗赞叹：“好个猴王，真正厉害，又被他识破。不过已有两个假尸首留在他们面前，不怕唐僧不上当。只要唐僧赶走那猴子，这三个和尚就都是我的口中之物了。”好厉害的妖精，它又摇身一变，变成一个白发苍苍的老公公，一路走一路念佛，使唐僧一见就欢喜：“阿弥陀佛，那公公路也走不稳，还数着念珠念佛呢，真是个大善士。”八戒说：“师父莫夸他，行者打杀了他女儿，又打杀了他老婆，这老儿是来寻人的。我们撞在他手里，说不定判个死罪呢。”行者说：“呆子别乱说，吓了师父，等老孙再去看看。”

行者上前一看，认得还是那个妖精，正想举棍打，又怕师父再念紧箍咒；不打吧，它又要来害师父。打不打？坚决打！这次决不能让它再逃掉。于是念动咒语，叫来本处土地、山神先在四处把守，然后照准妖怪一棍打去，这次真的把妖怪打死了。

唐僧在马上又见行者举棍打人，吓得说不出话来。八戒在旁说："行者发疯了，打死了三个人。"唐僧正要念紧箍咒，行者已到马前大叫："莫念，莫念！你来看看他的模样。"唐僧下马一看，原来是一堆白骷髅①，脊梁上有一行字：白骨夫人。行者说："这是一个潜灵②作怪的僵尸，在此作怪害人，被我打死现了本相。"唐僧倒也有点相信。偏是八戒又挑唆说："他的手重，打死了人，怕你念紧箍咒，又变化出这个模样来骗你呢！"唐僧耳软，又相信了八戒的话，转脸数落悟空道："猴头！取经之人行善，如春园之草，不见其长，日有所增；行恶之人，如磨刀之石，不见其损，日有所亏。你在这荒郊野外一连打死三个人，虽无人检举，却背离我取经行善之宗旨，再也不能留你，你回去吧！"行者非常气愤，竭力分辩道："师父错怪我了，分明是这个妖魔要害你，我打死它替你除了害，你却屡次要赶我走。我去，我去，只是多了那个金箍儿。"唐僧说："我既不再要你，我也不再念那紧箍咒了。"行者满心委屈，还在数说唐僧人妖不分，冤枉好人。唐僧听了越加恼怒，滚鞍下马，叫沙僧取笔墨来，写了个贬书给行者："以此为凭证，我再也不要你做徒弟了！"行者凄凄惨惨，临行前请师父受他一拜。唐僧说："我是好和尚，不受你这样凶人的礼。"行者拔了三根毫毛变了三个行者，连自己正身一共四个，四面围住师父下拜，唐僧躲不过，只好受了一拜。行者收了毫毛，关照沙僧："贤弟，你是好人，要留心八戒胡言

---

①骷髅（kū lóu）：干枯无肉的死人头骨或全副骨骼。②潜灵：幽魂。

乱语，仔细照顾师父。如果遇上妖魔，只说老孙是大徒弟，叫他不敢伤害师父。”

行者忍气别了师父，心头非常恼恨妖精：“好狡猾的妖精，竟蒙住了师父的眼睛！”转而又叹息取经之难，不但难在对付这样狡诈歹毒的妖精，还难在师父和师兄弟的善恶不分！想到自己取经半途而废，止不住腮边坠泪，停云止步。良久，才又驾起青云，孤孤凄凄回花果山去。

噙泪叩头辞长老，含悲留意嘱沙僧。
一头拭进坡前草，两脚蹬翻地上藤。
上天下地如轮转，跨海飞山第一能。
顷刻之间不见影，霎时疾返旧途程。

⑲ 人妖颠倒唐僧变虎

唐僧带领八戒与沙僧过了白虎岭，进了黑松林。原来是行者化斋，如今要八戒化斋。八戒走到半路打起瞌睡来，把头拱到草里睡着了。等了好久不见八戒回来，唐僧只好让沙僧去找他，自己不安地在林中来回走动。忽然看见前面有座宝塔，金光闪闪，彩雾腾腾，他非常高兴，以为那宝塔是佛家善地，一步步走去，一直进了宝塔的大门。猛抬头，见石床上睡着一个青面獠牙的妖怪，唐僧吓得连连倒退，转身急往门外走。原来这妖怪叫黄袍老怪，专门在这里幻化宝塔捉人吃。他听见有人走动，睁开鬼眼问道："小的们，门外是什么人？"一个小怪向门口看了看，进去报告："大王，外面是个好和尚：团头大面，嫩刮刮一身肉，细娇娇一张皮。吃起来一定好味道呢！"老怪呵呵笑道："这叫'蛇头上苍蝇——自来的食'，是他自己送上门来给我吃的。小的们，拿上来！"小妖们一拥上前，把唐僧捉来绑了。盘问一番以后，知道还有两个徒弟和一匹白马，老怪吩咐道："把前门关了。和尚那两个徒弟一定会来找师父，到时三个一起抓住，再加一匹马，够吃一顿了。"

沙僧找到八戒，从草里揪出他的大耳朵，好不容易才把他弄醒。他们一起回到黑松林，发现师父不见了。两人怨来怨去，又

撞到了宝塔边，见大门关着，上有六个大字：碗子山波月洞。两人知道是个妖精洞府，估计师父已被妖精拿去，在门外吆吆喝喝。老怪笑道："果然不出我所料，两个徒弟找上门来了。"提刀出来，三人在洞口大战。

唐僧正被绑在妖怪洞里悲啼烦恼。里面走出一个女子，问他："你从哪里来？为什么被缚在这里？"唐僧眼泪汪汪地回答："我是东土大唐去西天取经的和尚，误撞在此。如今要拿我两个徒弟，一起蒸了吃哩。我是自己该死，走进你家门来，有什么可问的！"那女子说："你不要怕，我不是吃人的妖怪。我是离这里三百余里的宝象国国王的第三个公主，乳名叫百花羞。十三年前中秋赏月，被这个妖魔一阵狂风卷来。我想念父母，你给我悄悄送信回家，我就设法叫他放了你。"唐僧点头说："女菩萨，若能救得我，愿做捎信人。"

公主急忙写了家书，封固严密，与唐僧解去绳索，让他藏好家书，悄悄放他从后门走出。公主再去前门故意大叫："黄袍郎！"妖怪正在打斗，听见公主叫他，丢了八戒、沙僧回到洞里。公主说自己梦见了金甲神人，要她斋僧还愿，求老怪看夫妻面上，放了那个和尚讨个吉利。老怪见公主今天和颜悦色，心中一喜，就说："放了吧，要吃人哪里捞不到？"出门高声叫："猪八戒，看我浑家①面上饶了你们，若再来犯我境界，一定不饶。"八戒、沙僧如同鬼门关上放回来一般，急忙牵马挑担，找到师父，夺路而行。

①浑家：古人对自己妻子的谦称。

他们来到宝象国，到朝中办好进出关的公文手续后，唐僧面见国王，递上与他们失散了十三年的百花公主的亲笔信。国王与王后读信后大哭一场，满朝文武百官也陪着伤心落泪。国王与百官商议：请谁去除了妖魔，救回公主呢？百官认为凡兵凡将对付不了妖魔，倒是送信的东土和尚有神通。因为他既然能从妖魔的洞府里把信带来，一定有对付妖魔的办法。国王就来请唐僧降妖魔救公主。这可难倒了唐僧，慌忙上奏："贫僧只会念佛，不会降妖。"大家不信，问："不会降妖，如何敢走西天之路？"唐僧只得说出八戒、沙僧两徒弟。国王宣召二人上殿。

八戒伸出那个长嘴，几乎把国王吓得跌下龙床。他听国王说，"救回小女，自有大宴相酬"，就上前夸口道："自东土来此，第一会降妖的就是我。"还在阶前卖弄手段，变长变短，腾云驾雾。国王大喜，亲赐御酒一杯。呆子一饮而尽，不识高低，一个人去打妖怪了。沙僧见了说："师父，我们两个人与黄袍怪交战时，只不过战个平手，今二哥独自一人去，恐战不过他。"唐僧说："正是，你去帮他。"沙僧急急赶去。

两人来到波月洞口，八戒尽力在门上筑了一耙。老怪披挂上阵，责问："我饶了你们，怎么又敢打上我门来？"八戒大骂："你把宝象国三公主抢来，霸占为妻，一住十三年。我奉国王旨意特来拿你，快把公主还他。"老怪大怒，举刀来砍，八戒、沙僧迎上，又在山坡前大战。渐渐地，八戒觉得钉耙难举，气力不加，就让沙僧上前，自己溜进荒草堆不敢再出来，只留半个耳朵在外面听动静。老怪见八戒走了，就奔沙僧，沙僧措手不及，被怪捉进洞中。

那怪把沙僧绑在一边，气冲冲地把公主揪出来，掼在地上，拿着钢刀骂道："一定是你这贱人暗中捎书信回去，要不然这两个和尚怎么会奉你父王之命，打上门来讨人？快说！"沙僧绑在那里，见老怪凶恶之极，执刀要杀公主。他想救公主，就喝道："妖怪不得无礼！是你自己把我师父关在洞中，让师父见到了公主的模样。我们到宝象国办理过关公文时，国王将公主的画像给我们看，问我们有没有在途中见到过，我师父才说起在这里见过公主。此事与公主无关，你要杀就杀我老沙，不得冤枉公主。"老怪见沙僧说得雄壮，也就信了，连忙丢了刀，扶起公主赔礼道歉。

老怪哄了公主以后，要去宝象国探听情况。他摇身一变，变成个英俊青年，纵起云头来到宝象国，在朝门外求见国王，说："三驸马特来见驾。"国王想，他只有两个驸马，哪有三驸马？必定是那妖怪来了。正在心慌，只见那怪已经来到殿前，三呼万

岁，一样行礼，模样更是英俊魁伟。国王与众官看来看去都觉得他是好人，一点不像妖怪。国王问他："你是何方人氏？怎么与我三公主成亲？为什么迟至今天才来认亲？"老怪花言巧语地说："主公，小臣住在城东碗子山波月庄，自幼好习弓马。十三年前在山上打猎，忽然看见一只猛虎驮来个女子，是小臣一箭射倒老虎，救了那女子回家。郎才女貌，两厢情愿成了亲，却一直不知娶的是公主。几天前公主才说出实情，所以迟至今日才来认亲，拜见岳父大人。小臣还有要紧事禀告主公：那十三年前驮公主的猛虎带箭逃去，在山中修炼成精。小臣听说有个大唐的取经人唐僧被它吃掉了，它得了唐僧的公文证件，变了唐僧的模样，到朝中哄骗主公。主公啊！那上面坐着的，正是十三年前驮走公主的猛虎，不是真正的取经人。"

国王与满朝文武被他弄得稀里糊涂。国王问："你凭什么说他是十三年前那只猛虎呢？"老怪说："借半杯净水，小臣就叫他现了本相。"国王命人取水来，老怪作起妖法，吸一口水向唐僧喷去，叫声"变"！那唐僧真的变成一只斑斓猛虎，张牙舞爪，凶恶可怕。众将领一拥而上，又打又赶，把"虎"关进了铁笼。唐僧有口难言，真是说不出的苦。三打白骨精时，他人妖不分赶走了孙悟空，如今他自己却变成了妖——老虎精；那妖却成了人——国王的三驸马。噫！这次"人妖颠倒"竟落到了他自己头上。

妄想不复强灭，真如何必希求？本原自性佛前修，迷悟岂居前后？　　悟即刹那成正，迷而万劫沉流。若能一念合真修，灭尽恒沙罪垢。

⑳ 八戒救师智激猴王

宝象国国王把老怪当做三驸马款待起来，请他进银安殿，选了十八个宫女吹弹歌舞，让他饮酒作乐。喝酒喝到夜深时，老怪得意忘形，大笑一声现了本相，抓起一个宫女，“咔嚓”一口就吃起来，吓得那十七个宫女逃到屋外发抖。这时从外面来了一个宫女给妖怪陪酒。这个宫女是谁呢？是唐僧的龙马变的。龙马听过往的人说唐僧变了老虎，吓了一跳，知道大事不好，心想大师兄已被赶走，八戒、沙僧又无消息，只好自己上阵。于是变成宫女，以便寻找机会救师父。他斟酒唱曲，又要舞剑。老怪非常高兴，解下腰刀叫他舞。他接过腰刀，舞三个花式，忽然转身向老怪劈来。老怪慌了手脚，急起应战，两个一直杀到半空。小龙马抵挡不住，腿被老怪击中，跌下云头，幸好御河水救了他，钻进了水底。老怪得胜，又回银安殿饮酒去了。

躲在草堆里的八戒到夜晚才摸回城里，来到馆驿①，师父没找到，却见龙马睡在那里，浑身湿透，腿上一大块伤痕。八戒正诧异，忽听龙马口吐人言，叫了声：“师兄!”把呆子吓得跌了一跤，爬起来战战兢兢地说：“兄弟，你怎么今天说起人话来了?

①馆驿：古代驿站上设的旅舍。

必有不祥之事。”龙马就把这里发生的一切告诉八戒。八戒灰心丧气地说：“你去西海当龙，我回高老庄吧。”龙马咬住他的衣角不放，眼中流泪说：“师兄不可讲散伙的话。”八戒觉得师父变了老虎，沙师弟已被妖怪拿住，他们俩又打不过老怪，不散伙，还能有什么办法？龙马沉吟一会，流着眼泪说：“要救师父，你得去请大师兄来。”八戒慌了：“那猴子恼我呢，在白虎岭他怪我挑唆师父念紧箍咒，那时我只当好玩，没想到师父却当起真来，把他赶走了。我去请，他决不肯来，再说，我也怕他那根哭丧棒。”龙马说：“他决不会打你，他是个有仁有义的人。师父有难，他一定会来。”八戒觉得有理，于是决定自己去把行者请回来。

呆子纵上云头向东走，正好遇着顺风，他撑开两只大耳朵，就像风篷一般，“呼呼呼”很快就到了花果山。

他正在寻路径，忽听见有人讲话，抬头看时，行者正八面威风地坐在石头崖上，面前有一千二百多只猴子，排班行礼，口称“大圣爷爷”。八戒心想：“那猴子好大的家业，好威风。如果是我老猪，真不想当和尚了。看来有点难请呢！”呆子不敢正面上前，一溜溜进那一千多只猴子当中，也跟着磕头。那猴王眼尖，早已看见，叫道：“哪里来了个外人，拿上来！”小猴一窝蜂地把八戒推了上去。八戒低着头说：“不是外人，是熟人。”说完把长嘴一伸。行者忍不住笑道：“猪八戒！”八戒害怕，不敢直说，拐弯抹角地编谎话，说什么“师父想你”，“盼你去一趟”……直到行者叫人拿大棍来，准备打一顿送行时，八戒才急得一五一十地说了实话，恳求行者千万救一救师父。

行者听完反问他：“我临走说过，若有妖怪捉住师父，就说我老孙是他的大徒弟，你们怎么不提我？”呆子八戒这回倒是急中生智，聪明起来了。他想：“请将不如激将，让我激他一激。”就说：“哥啊，不提你还好哩，一提你，那妖怪就大骂：‘什么孙行者，他若来，我就剥他的皮，抽他的筋，啃他的骨，吃他的心。他猴子瘦，肉太少，我就把他剁碎放油里炸了吃。’”行者一听，气得暴跳如雷，叫道：“那妖怪敢如此骂我，我决不能不降他。贤弟，我和你去拿妖怪去。”他关照小猴们：“好好看管家业，我还去保护唐僧取经，功成之后再回来。”

两人携手驾云而行。过东洋大海时，行者说：“我身回水帘洞，心随取经僧，时刻牵挂着你们。兄弟，你慢行，待我下去洗个澡。”八戒说：“快走，这时候还洗什么澡？”行者说：“你哪里知道，我怕回来几日身上有点妖气，师父是爱干净的，怕他嫌我。”八戒才知行者一片真心。

八戒把行者带到波月洞，黄袍怪不在，公主把沙僧放了出来。沙僧一听孙悟空来了，真如甘露灌顶，满园逢春。行者也说了沙僧一句："沙弟，打白骨精时你心里明白，师父念紧箍咒时为什么不替我说一声？"沙僧说："哥哥，不要再提了，还望你君子既往不咎。"三人将公主藏在僻静处躲避，然后去宝象国银安殿把老怪引出来打斗。老怪手段虽高，总不是行者的对手，打得波月洞妖飞兽散，打得那老怪无踪影。行者追寻老怪一直追到天宫，查出老怪是奎木狼星下界作怪，叫众星官押他去见玉帝，贬他去给太上老君烧火。然后行者回到波月洞，寻着公主，带公主回朝，与离别了十三年的父王、母后、姐妹们团聚。

由于银安殿宫女的报告和百花公主的到来，国王已知那个假驸马是妖精黄袍怪。但此时唐僧仍然是一只假老虎，心里虽然明白，却说不出话来。行者笑道："师父啊，你是好和尚，怎么弄成这个恶模样？你怪我行凶作恶，赶我回去，怎么自己反弄成这副嘴脸？"八戒说："哥啊，救他一救吧，不要再揭他的短处了。"行者说："你凡事挑唆得师父信你，你怎么不救他？"沙僧上前跪下说："哥啊，若是我们能救，也不会老远去请你了。"行者挽起沙僧说："我岂有不救之理？快取水来。"八戒飞奔而去，盛了半钵盂水。行者念个咒语，将水向"虎"一口喷去，退了妖术。唐僧还原了本相，一把拉住行者："贤徒，你可回来了！多亏了你啊，你的功劳第一。"

国王和百花公主千恩万谢，之后师徒们又同心西行。

三藏西来拜世尊，途中偏有恶妖氛。

今宵化虎灾难脱，白马垂缰救主人。

㉑ 编谎言八戒懒巡山

唐僧师徒离了宝象国，一路西行，来到险峻的平顶山。行者在前探路，值日小神前来报信："平顶山中有个莲花洞，洞里住着金角大王和银角大王两个毒魔狠怪，神通极大。随身带有五件宝贝，更是厉害。若要过得此山，就是擎天的玉柱、架海的金梁也难哩！"行者听了，毫不畏惧。不过这次他多了个心眼，故意用手揉了揉眼睛，揉出两滴眼泪来，到唐僧面前说："前面妖魔厉害，只怕我独力难支，寡不敌众啊！"唐僧忙说："还有八戒和沙僧呢，都归你调度。这次一定要协力同心。"行者要的就是师父这句话，揩去眼泪说："师父，我想叫八戒先去巡山，探

听妖怪虚实，只怕八戒偷懒不尽心。”唐僧说：“你怎么晓得他会不尽心？”于是，就叫八戒去巡山。

八戒听说叫他去巡山，一肚子不高兴。因是师父吩咐，不敢不去。走了七八里路，他把钉耙放下，掉转头来，远远地对着唐僧他们指手画脚地骂道：“没用的老和尚！缺德的弼马温！滑头的沙和尚！你们倒自在，叫我老猪辛苦巡山。”他又自己“悟”出了一个道理：“哈哈，晓得有妖怪，逃远点、躲着走都还来不及，却教我去寻他，岂不自寻晦气！我去睡上一觉回去应付他们，就说巡了山，有何不可！”他暗自高兴，拖着耙，一头滚进山坳里的草堆中睡下，觉得软软的好舒服，把腰伸了伸，说声：“快活，就是那弼马温，也没有我自在。”倒头便呼呼地睡着了。

行者知道平顶山妖怪凶险，对八戒巡山不大放心，怕他误事，就变成个蟭蟟①虫赶来。看到八戒如此情况，真是哭笑不得。行者变个啄木鸟，飞下来停在八戒的长嘴上，对着他的嘴唇啄了一下。那呆子慌忙爬起来，乱嚷道：“有妖怪！有妖怪！戳了我一枪去了，嘴上好疼。”他东张西望不见人，抬头看见树上一只“啄木鸟”，骂道：“你也敢欺侮我？你这个坏蛋！”想了想，觉得刚才自己的长嘴也伸得太出来了，那鸟大概当做一段烂木头，所以来找虫吃，于是把长嘴揣在怀里再睡。行者又飞来，在他耳朵上又啄了一下。呆子又吓了一跳，再慌忙爬起来，又看见“啄木鸟”。心想一定是这里有啄木鸟的窝，自己是睡不成了，一边嘟嘟囔囔地骂，一边找路就走。行者暗暗好笑，还是变作蟭蟟

---

①蟭蟟(jiāo liáo)：古书上说的一种蝉，方头广额，身呈绿色。

虫，叮在他耳朵后面跟着他。

又走了四五里路，看见山上有三块大石头。八戒放下耙，对石头行个礼。行者觉得好笑，倒要看看他为什么对石头行礼。原来八戒把三块石头当成唐僧、行者、沙僧，正在练习回去见他们三人时编说什么谎话呢！八戒自言自语地一个人演习起来：

“他们问：‘有妖怪没有？’我回答：‘有妖怪。’

他们问：‘你巡了什么山？’我回答：‘泥捏的山、土做的山、铜铸的山、纸糊的山……不对，这样讲他们说我呆呢！我要说是石头山。’

他们问：‘什么洞？’我回答：‘石头洞。’

他们问：‘什么门？’我回答：‘钉钉的铁叶门——门上钉子有多少？我老猪心忙记不清。’

哈哈！编造得好，哄那弼马温去。”

八戒拖着耙，得意地转身从老路回来。行者听得一清二楚，鼓动两翅，先飞回唐僧面前，现了本相。唐僧说：“悟空，你回来了，八戒呢？”行者说：“他在那里编谎话呢，马上就到。”唐僧说：“他两个耳朵盖着眼，是个笨人，怎么会编谎话呢，又是你捉弄他吧？”行者说：“师父，你就是护他的短，听信他的话，等一会儿就明白了。”于是把八戒怎么睡觉，被啄木鸟啄醒，朝石头行礼，演习说谎等经过说了一遍。

那呆子怕忘了刚才编的一套谎话，边走边念地过来，低着头口里还在演习。行者喝了一声：“呆子，念什么？”呆子掀起耳朵看了看，先对师父行礼。唐僧扶起道：“徒弟，辛苦啊！”八戒说：“正是。走路的人，巡山的人，第一个辛苦。”唐僧问：“有妖怪没有？”八戒答：“有妖怪。”唐僧问：“有妖怪，你怎么回来的？”这句问话八戒没有准备，不过他想了想接上道：“妖怪叫我猪祖宗、猪外公，安排些馒头素食好吃的，叫我吃了一顿回来。”行者说：“想是在草堆里睡着了，说梦话吧！”八戒一听，吓得矮了两寸，心想：“他怎么知道我睡觉了？”行者上前一把揪住说：“过来，我问你：你巡了什么山？”八戒答：“石头山。”行者问：“什么洞？”八戒答：“石头洞。”再问：“什么门？”再答：“钉钉的铁叶门……”

行者打断说：“后半段我给你说：门上钉子有多少？我老猪心忙记不清。”那呆子吓得傻愣愣站着。行者说：“还有一句：‘哈哈，编造得好，哄那弼马温去。’对吗？”八戒跪下说：“师兄，你怎么知道？”行者骂道：“你这个吃糠的笨货，这样危险的地方，这样要紧的大事，叫你巡山你却躲着睡大觉，要不是啄木鸟啄你醒来，现在还在草堆里睡呢！让我打你几棒，记记教训。”八戒慌了说：“那棒重，别说打，擦一下也死。”行者说：“你怕打，为什么要撒谎？”八戒说：“哥啊，以后再不敢了，再也不敢了。”唐僧这才相信八戒真的在胡说，也狠狠地训斥了他一顿。只因为这山险恶，还得同心斗妖，所以行者暂且没有打他，叫他再去巡山，将功补过。这次八戒老实多了，扛着耙，一拱一拱地上了路。

当年奉旨出长安，只忆西来拜佛颜。
舍利国中金像彩，浮屠塔里玉毫斑。
寻穷天下无名水，历遍人间不到山。
逐逐烟波重迭迭，几时能够此身闲？

㉒ 平顶山悟空捉二妖

平顶山的金角大王、银角大王果然厉害，将唐僧师徒的容貌画了画像，带领小妖，在山上巡逻，正好撞着又去巡山的八戒。一个小妖对照画像一看，说："大王，这个和尚长嘴大耳，像图中的猪八戒。"八戒听了忙把嘴揣在怀里藏了。银角大王叫："和尚，伸出嘴来!"八戒无奈，只好把嘴伸出道："这不是？要看便看!"那怪认出是猪八戒，举刀就来砍。八戒也不示弱，挥耙迎战，打了二十几个回合不分胜负。魔头一挥手，众妖一拥而上。八戒寡不敌众，又绊了一跤，被擒进洞去。

魔头拿了八戒，知道唐僧已到，但最怕孙行者，就用计调来三座大山，先将孙行者压住：须弥山压左肩，峨眉山压右肩，泰山压头顶。然后从云端伸下手来，抓去了唐僧和沙僧。他们把唐僧、沙僧、八戒全都吊在莲花洞里，叫小妖精细鬼和伶俐虫来听令："带紫金红葫芦和羊脂玉净瓶到三座大山下，把孙悟空吸进宝贝里化为脓水。"两小妖携宝而去。

行者被压在三座大山下，知道师父、师弟被捉去，急得暴跳如雷，厉声叫来山神、土地，喝道："你们怎么拿山来压我？"山神、土地慌了，忙赔礼说："我们只听咒语调遣，不知压的是大圣，请大圣恕罪。"急忙遣山归回本位，又向大圣诉苦："只因妖魔神通广大，把小神当作奴仆，被他们欺得太苦。”行者听了也心惊。只见山坳里霞光闪闪而来，土地提醒说：“那是妖怪的宝贝放光，可能是妖怪拿宝贝来收服大圣了，大圣小心。”

行者让山神、土地先退下，自己变个道人等在路边。伶俐虫[1]和精细鬼过来，看见一个道人，就问道：“你从哪里来？”行者说：“蓬莱仙岛。”小妖说：“听说蓬莱仙岛是神仙住的地方呀！”行者说：“我不是神仙，谁是神仙？我今天来是要度一个好人去做神仙。”两个小妖争着说：“老神仙，我去，我去！”行者明知故问：“二位从哪里来，到哪里去？”小妖说从莲花洞来，拿孙行者去。行者问他怎么个拿法，小妖说：“只要把宝葫芦的底朝天，口朝地，叫一声名字‘孙悟空’，只要他答应一声，就被吸进葫芦里，贴上‘太上老君急急如律令奉敕(chì)’的帖子，过一时三刻，他就化为脓水了。”又讲了羊脂玉净瓶，法术和宝葫芦一样。行者听了，暗暗吃惊：“厉害，这两件宝贝真厉害！”小妖还从袖子里取出宝葫芦让他看了看。

行者看了一眼，马上拔根毫毛悄悄叫声“变”，变出个一尺七寸长的大紫金宝葫芦给小妖看。小妖看了笑道：“你的葫芦虽大，但好看不中用；我的宝葫芦虽小，却能装千人哩！”行者说：“能装千人万人有什么了不起，我这个葫芦能装天呢！”小妖听了大惊，不信有可以装天的宝贝，说如果能装天的话，就愿拿这两个宝贝来换。行者叫他们看他念咒语，其实是让日游神、夜游神带信给玉帝：“将天借给老孙装闭半个时辰。”

---

①伶俐虫：小妖的名字。后“精细鬼”“倚海龙”“巴山虎”同为小妖名。

玉帝在天宫得信，惊问众天官：“这猴头出难题了，天怎么可以装呢?”哪吒说：“用黑雕旗在南天门一展，把那日月星辰遮住，一片漆黑，哄那妖怪说是装了天了。”日游神急忙到行者耳边悄悄说了。行者回头对小妖说：“现在看我装天吧!”就把假葫芦抛上天去。哪吒在南天门上看见了，把黑雕旗“呼啦啦”一展，日月星辰都遮蔽了，天地一片漆黑。行者说：“知道吗? 天装下了，日月星辰也都装进葫芦里了。”小妖十分惊慌，说：“罢，罢，放了天吧。”行者招呼哪吒收了黑雕旗，立即天清地泰，日正中午。两个小妖笑道：“妙啊! 妙啊!”伶俐虫对精细鬼说：“这样的宝贝，我们换了吧。”精细鬼说：“不换才是傻瓜呢。”就拿两个宝贝与孙行者换了个假葫芦，回去报功去了。行者呢，拿了宝贝，变个苍蝇跟着小妖进了洞，把个毫毛变的假葫芦也收了。

两个小妖去见魔头，兴高采烈地告诉如何得了装天的宝葫芦。可是摸来摸去，藏得好好的装天葫芦没了，急得哭起来。金角大王听后暴跳如雷，断定说：“能使装天大神通的只有那猴头孙悟空，是他装神仙哄去宝贝了!”银角大王说：“兄弟息怒，还有三个宝贝呢，怕什么。那七星剑和芭蕉扇在这里，幌(huǎng)金绳在老母亲那里收藏着，差两个小妖去压龙山压龙洞请母亲来吃唐僧肉，顺便叫她带幌金绳来拿孙行者。”金角大王觉得有理，骂了精细鬼和伶俐虫一顿，另派倚海龙、巴山虎去接老妖精。

行者听得明白，飞去落在巴山虎身上，不一会儿，来到压龙洞前。叫开门，见正中高坐着个老妖婆。她听说儿子请她去吃唐僧肉，非常高兴，带上幌金绳，就叫抬过轿来。那是一顶香藤轿，挂着青绢帷幔。老妖婆喜滋滋地坐进轿里，扬扬幌金绳说："要拿孙行者哩。"喝令几个小妖抬起上路。

走到半路，行者"噗"地跳下，现出本相，掣出金箍棒一扫，几个妖怪还没弄清是怎么回事就都被打死了。一看，原来老妖婆是个九尾狐狸精。行者搜出她身上的幌金绳，笼在袖子里，自己变个老妖婆，坐进香藤轿，拔几根毫毛变成巴山虎、倚海龙和几个小妖，抬起轿子来到莲花洞。

把门的小妖招呼说："巴山虎、倚海龙，回来了？"毫毛答："来了，请了奶奶来了。"小妖忙去禀报。行者下了轿，扭扭捏捏地走到正厅，当中坐下。两个魔头双膝跪倒，朝上叩头，叫道："母亲，孩儿拜揖①。"行者笑道："我儿起来。"正在高兴，谁知八戒吊在梁上，"哈哈"笑了一声。沙僧问他笑什么，八戒说："这个老妖婆是假的，刚才叫'我儿起来'时后面露出了个猴子尾巴，是那弼马温呢！"谁知呆子的悄悄话走漏了风声，两个魔头有点犯疑。又有小妖进来报告："大王，不好！奶奶已被孙行者打杀在半路上了！"两个魔头听了大怒，行者也露出本相，三个一直打到半空中。

行者觉得口袋里有的是宝贝，何必打硬仗。他顺手抽出了幌金绳，"唰"地抛向银角大王。谁知那幌金绳过去了又自己返回来，紧紧地将行者捆住了。原来这绳子有松绳咒与紧绳咒，行者不会魔头会。当绳子去捆银角大王时，那魔头念了松绳咒，绳子知道是自家人，不捆了，马上返回捆行者，这时那魔头念了紧绳

---

①拜揖(yī)：打躬作揖。

咒，绳子就把行者给死死捆住。两个魔头把行者身上的宝葫芦、玉净瓶全搜出来拿去，然后把他带回洞里，绑在柱子上，魔头自顾自去喝庆功酒了。

八戒吊在梁上，叹息说：“罢，罢，师徒们都在一处死了，到阴司里也有伴。”行者说：“不要胡说，看我出去。”他用毫毛变个钢锉(cuò)，把绳子锉断，脱身出来，用毫毛变个假行者，仍旧捆在那里。

孙行者跑到洞外，大喊：“者行孙来了。”两个魔头正在喝酒，忽报门口来了个“者行孙”，心想大概是孙行者的兄弟来了。银角大王拿了宝葫芦来迎战。战不了几个回合，银角大王跳到空中，把宝葫芦底朝天，口朝地，大叫：“者行孙！”行者想：“者行孙不是真名，应了何妨？免得被他小看。”就应了一声，谁知“飕”的一声照样被吸进葫芦，贴上帖子出不来了。原来那葫芦不分真名假名，只要谁答应，就把谁吸进去。

行者在葫芦里，只觉一片漆黑，任你横冲直撞就是出不去。听见银角大王对金角大王说：“哥哥，拿来了。”

金角大王说："贤弟，不要动，等化作脓水时，我们看一看。"行者听得明白，故意大叫："天哪，腿都化没了。"金角大王说："化到腰时可以看一看。"行者忙说："哎哟，腰都没了。"两个魔头忍不住打开帖子想看看。行者变个小虫，早已等在葫芦口边，帖子一打开，他就溜了出来。魔头还不知道，又盖上了。

刚逃出宝葫芦的行者摇摇身子变个小妖倚海龙，站在旁边侍候他们喝酒。那金角大王举杯递给银角大王说："贤弟，我敬你一杯，你拿了唐僧、猪八戒、沙僧，还捆了孙行者，装了者行孙，功劳大，功劳大！"银角大王非常得意，双手去接杯，就把手里的宝葫芦递给"倚海龙"拿一拿。他哪知道这个"倚海龙"是孙行者变的。行者忙把宝葫芦拢进衣袖，拿毫毛变个假的葫芦捧着。银角大王干了杯，顺手接过假葫芦，依旧喝酒。

两魔正喝得兴高采烈，行者拿了宝葫芦悄悄溜出门外，又高声大叫："泼魔，我行者孙来也。"金角大王大惊："贤弟，不好了，惹得他一窝都来了。"银角大王笑笑说："怕什么？这宝葫芦能装一千人，叫行者孙和者行孙做伴去吧。"拿着假葫芦就来迎战。银角大王叫："那行者孙，我不打你，我叫你一声，你敢应么？"行者拿个真葫芦晃了晃，笑道："你叫我，我就应；我若叫你，你可敢应？"那魔头见了大惊："你哪来的葫芦，怎么跟我的一样？"行者说："它们本是一根仙藤上的两个葫芦，你那个是雌的，我这个是雄的。不信来比比看，我就让你先装。"银角大王以为得了便宜，就先叫一声："行者孙！"行者连应了八九声，就是装不进去。那魔头跌脚捶胸："天哪！这雌的还怕雄的呢，今天不敢装人了？"行者笑道："现在该轮到老孙叫你了。"他把葫

芦底朝天，口朝地，叫声：“银角大王！”那魔头不敢不应，刚开口应了一声，就“嗖”的一下被装进里面。行者大喜，贴上帖子，说了声：“哈哈！今天居然也轮到你了！”一路摇着葫芦玩。

小妖见了忙去报告：“大王，祸事了，二大王被行者孙装进葫芦去了。”金角大王听了大惊失色，忙叫：“拿宝贝来，报仇去！”管家的小妖把剩下的七星剑、玉净瓶、芭蕉扇三件宝贝都拿出来。金角大王举着七星剑，拿着芭蕉扇杀出去，口口声声要烧死那猴子。战了几回合，取出芭蕉扇“呼喇”一声扇过去，立即焰焰烈火铺天盖地而来。他一连扇了七八下，烧得漫山遍野树焦草枯，石烂溪干。行者见此恶火，也胆战心惊，转身躲进了莲花洞。谁知魔头转身寻来，弄得洞里也是火光焰焰。正在危急之时，忽见一道金光，原来老魔走时羊脂玉净瓶没有拿。行者赶快把瓶口朝下大叫：“金角大王！”老魔听见自家洞里有人叫，不知有什么事，就应了一声，“嗖”的一下也被装进了玉净瓶，行者贴上帖子。只见火已熄灭，芭蕉扇、七星剑跌落在地，他一一收起，又收了捆假行者的幌金绳。左手提着宝葫芦——里面是银角大王；右手提着玉净瓶——里面是金角大王，笑道："五件宝贝都姓孙也。"又连忙去救下师父、八戒、沙僧，向唐僧报喜："山已净，妖已无，请师父上路。"

行者到底有没有要这五件宝贝呢？半路上来了个太上老君。原来那宝葫芦本是他盛丹的，玉净瓶本是他盛水的，扇子本是扇炼丹炉的，幌金绳是束道袍用的。那金角大王是给他看金炉的童子，银角大王是给他看银炉的童子，两人偷了宝贝下界为非作歹。老君向葫芦和净瓶各吹了一口仙气，金角大王和银角大王化作金银二童子，出来低头跪下。他们再也当不成什么"大王"了。行者数落了老君，说他有"纵放家人作恶，管教不严"之罪。宝贝呢，虽然辛苦所得，也只得全部还了他。

家居花果山，祖贯水帘洞。
只为闹天宫，多时罢争竞。
如今幸脱灾，弃道从僧用。
秉教上雷音，求经归觉正。
相逢野泼魔，却把神通弄。
还我大唐僧，上西参佛圣。
两家罢战争，各守平安境。
休惹老孙焦，伤残老性命！

㉓ 鬼王夜访唐三藏

来到乌鸡国，投宿宝林寺。夜深人静时，徒弟们都已睡下，唐僧独自在灯下看经。忽听门外“呼啦啦”一阵阴风，灯火摇曳之中，见门口站着一个男子，浑身湿淋淋的，眼中垂泪，不住地叫：“师父救我。”唐僧问：“你是何人？深夜来此有何事？”那人说：“师父，你抬眼看我一看。”唐僧仔细一看，急忙上前行礼，说：“你是哪国国王？想必是国土不宁，半夜逃生至此？”那人说：“我是乌鸡国国王。三年前这里干旱无雨，来了一个道士，他说能呼风唤雨。我为请他祈天降雨，与他结拜为兄弟。谁知他与我到御花园游玩时，不知他向八角琉璃井里抛下什么东西，井中金光闪闪，哄我到井边去看宝贝。岂料他陡起歹心，把我推下井中淹死，还用石板盖住井口，堆上泥土，移一株芭蕉栽在上面，遮人耳目。可怜我已死去三年，是一个冤屈的鬼魂。”唐僧听说是鬼，毛骨悚然，没奈何，只得又问他：“陛下这样死去，那文武百官、皇后嫔妃，怎能不寻你？那道士又在哪里？”国王悲愤地说：“师父，那道士是个妖魔，变成了我的模样，毫无差别。现在占了我的王位，文武百官、皇后嫔妃都认他为王，难辨真假，无人知道我已被害，我死得真冤啊！”唐僧说：“陛下，你也真懦(nuò)弱，怎么肯就此罢休呢？”国王泪如雨下，说：“师父，那妖魔神通广大，我怎能打得过他？今来拜谒(yè)师父，是听说你们取经人一路除妖行善，普济众生。你手下还有个大徒弟叫齐天大圣，极能斩魔降妖。我是慕名而来，恳请到我国中，拿住妖魔，辨明邪正。”

唐僧想了想，觉得有困难，说：“除妖行善是我取经人本分，只是此事有难处：你朝中无人识得他是妖魔，我徒弟纵有本事，动了干戈，也被你国中之人说成欺邦灭国，有理难分辩呢！”国王说：“明天早上，太子出城打猎，师父可引他来此相见，告以实情。”唐僧问：“怎样才能使太子相信我呢？”国王取出一柄白玉珪(guī)，放下说：“这是我做皇帝时的信物，只有此物随我落井，妖道不曾到手。太子见了白玉珪，一定睹物思人，此仇必报。”唐僧觉得有理，说：“让我与徒弟商量，议一良策。”国王叩头拜别。唐僧叫醒三个徒弟，说了鬼王夜访之事，恍惚中还不知真假。行者出门察看，星光月色下，阶前果有一柄白玉珪，忙取进说：“这是国王手执的宝贝。师父啊，既有此物，此事当真。”师徒连夜商议，想出了个办法。

次日一早，行者跳上云头看那都城，果然妖风昏昏，怨气纷纷，一股黑气锁宫门。正在感叹，见东边城门大开，出来一队打猎人马，簇拥着一位年轻的王子。行者知道那就是太子，按落云头，摇身一变，变成个小野兔，窜来窜去就在太子马前。太子一箭射去，行者一口衔住，带箭飞奔，引得太子独自争先来赶，一直来到宝林寺，却不见了兔子。这里唐僧、八戒、沙僧早已做好准备，等候太子到来。

太子下马进殿，寺中众僧都来叩头拜接。唐僧端坐在正殿中间，故意不理不睬。随后赶到的校尉见了怒喝道：“那和尚无礼!”正要拿下，唐僧合掌起身说：“我见驾不迎犹自可，太子的父冤未报枉为人。”太子听了大怒：“这泼和尚胡说，我有什么父冤?”唐僧上前一步说：“贫僧有一件宝贝，叫‘立帝货’，他知过去未来一千五百年间事，你的‘父冤’他能讲。”太子吩咐：“拿来我看。”唐僧打开一个红匣子，里面有一个二寸长的小和尚——行者变的，向太子招招手，然后跳出来，摆呀摆地乱走。太子觉得惊奇有趣，不过又说：“这么个星星小人儿，能知道什么?”行者听说嫌他太小，把腰伸一伸，长一长，长到原身。太子见他是个神异之人，愿听一说。行者要他退去左右。殿上无人时，才把他父王被害经过，昨夜鬼魂来访，今晨行者变野兔引他来宝林寺等事，一一说给他听，又拿出他父王留下的信物白玉珪给他。太子心中悲戚，不过还未能全信，立即单身匹马回城，来到后殿，喝退左右，单独见母后，从袖中取出白玉珪。皇后一看就认得，太子说了情况，母子痛哭一场，对唐僧师徒的话确信无疑。太子又急急出城来见取经师父，行者要他先回城中悄悄等待。

夜里，行者想来想去睡不着，对师父说：“师父，虽然太子、皇后知情，亦难以证明那怪是个假皇帝。他若敢说‘我是乌鸡国国王，谁不认识？你们外来和尚弄个什么白玉珪来蒙骗太子、皇后，该得欺邦谋逆之罪’，我们倒成了个没嘴的葫芦，说不得了。”唐僧问：“你看有何办法?”行者说：“办法倒有，只是要你胆大些，让沙僧一人服侍，我与八戒去御花园打捞出皇帝的尸首，做到人证物证都在，才不怕那妖怪抵赖。”唐僧觉得有理，又怕八戒不肯去。行者笑着说："莫说八戒，就是'猪九戒'，我也有本事叫他跟我走哩。"

行者叫醒八戒，说："那妖精有个宝贝，我和你趁夜深去偷它来。"八戒听说偷宝贝，睡意也没了，还提出个条件："偷到宝贝，我就要了。我食量大，好拿宝贝去换斋吃。"行者满口答应。两人来到御花园，只见几重封皮，层层铁锁，早被妖道封锁了。他们进去找到鬼王说的那株芭蕉树，八戒举耙筑倒了芭蕉，用长嘴拱开了三四尺深的土，果然有块石板，打开石板，正是一口古井。行者说："宝贝在井底下，你下去捞。"对金箍棒叫声："长！"令它变得七八丈长。叫八戒抱着铁棒，行者执棒将他放到井下。八戒深知水性，钻到水底，忽见一个牌楼，上写"水晶宫"，知道来到井龙王家了。进去就向井龙王讨宝贝，井龙王说只有一件宝贝，叫八戒去看，原来是个躺着的死皇帝。井龙王说："这原是乌鸡国国王的尸体，自到井中，我就用'定颜珠'

定住，三年来原样不变。你驮出去，齐天大圣如能起死回生，别说一件宝贝，向他要什么都有。”八戒似信非信，心想这总比白走一趟要强，就驮起尸体出了井。

八戒一出井，行者赶快驾起风，把八戒与死皇帝一直刮到唐僧面前。八戒说：“行者的外公，教老猪背来了。什么宝贝，上了弼马温的当。”他忽然想出个报复的法子来，对唐僧说：“师父，师兄跟我说，他能医得活；医不活我也就不驮来了。”唐僧听了忙说：“取经人乃行善人，‘救人一命，胜造七级浮屠’，悟空快救活这个皇帝。”行者着急了，嚷道：“人死了怎能救活呢？何况他已死了三年。”八戒说：“师父，莫叫他懒惰，你念念那话儿，他就还你一个活皇帝。”唐僧果然要念紧箍咒了，行者忙说：“莫念，莫念！我去，我去！”八戒笑得打跌说：“哥啊，你晓得捉弄我，也有今天我捉弄你呢！”行者骂道：“你这个呆子，不要笑，给我哭，哭这死皇帝，哭到我回来，才好办事。”八戒没法，做了个纸捻儿①往鼻子里捅了捅，打了个喷嚏，鼻涕眼泪来了，嘴里再哼哼唧唧地“哭”起来。行者这才笑着去了。

一瞬间，行者来到兜率宫，找到太上老君，说：“如今为救乌鸡国国王，来向你借‘还魂丹’一千丸使使。”老君说：“当饭吃哩！什么东西要一千丸，是土块块么？这等容易！”行者笑道：“百十丸也罢。”老君说：“也没有。”行者说：“十来丸也罢。”老君说：“没有，没有，出去，出去。”行者说：“在平顶山我把那五件宝贝统统还给你了，是吗？如今问你要些丸药，却说没有。

①纸捻(niǎn)儿：用纸条搓成的像细绳的东西。

若真没有，我到别处去借。”说了转身就走。老君忙说：“回来，回来，送你一丸吧。”老君拿过葫芦颠倒一摇，倒出一粒金丹，递给行者说：“只此一粒，拿去医活皇帝，是你的功德。”行者谢了老君回去。

回到宝林寺，八戒还在哼哼唧唧地“哭”，行者不禁笑道：“兄弟，你过去吧，用不着你了。”叫沙僧取水来，扳(bān)开死皇帝的嘴，把金丹放进去，用一口清水冲下肚，再吹一口气。那国王气转神回，翻身坐起，叫一声：“师父！”双膝跪在地下，感激救命之恩。

天明后，将国王扮作一个和尚，混在师徒中间，一起来到朝中办理出入境公文。见那妖魔坐在王位上好不威风，一一查问取经的和尚。查到扮成和尚的国王时，行者上前高声代答，就将他原是乌鸡国国王，怎样遭暗害，怎样起死回生等简明扼要地当众宣告了。那妖道听得魂飞魄散，驾起云头往空中逃去。这里太子、皇后都哭着来相见，文武大臣也都明白过来，纷纷参见君王。金銮殿上诉不尽的冤情凄苦，说不完的再生重逢之喜。

行者一个筋斗翻上云层去追拿妖怪。只见那妖往东北方向逃命，连忙赶上去打，一打又不见了。回到金銮殿上，却出现了两个唐僧！行者圆睁火眼金睛，认出一个是妖怪变的，正要抓他，他又立即变成国王——又是两个国王，弄得后妃群臣难以分辨。八戒上来，帮着查看，那妖又纵上云头不见。行者追上云层，东张西望没找到，忽听得彩云里有人叫："孙悟空，我来帮你收此妖怪。"原来是文殊菩萨。只见他取出照妖镜，照住了妖怪，显出了青毛狮子的本相。文殊收了镜子，喝声："孽畜，还不皈(guī)正！"那妖匍匐在地。文殊放上一个莲花罩，定住妖魔，坐上狮子背，辞别行者而去。

当行者再回到金銮殿上时，想不到那皇帝不肯登王位，跪在阶下苦苦哀求："我已死三年，今蒙师父救我回生，怎敢妄自为尊？请哪一位师父为君，我领妻子儿女到城外为民，已心满意足。"请唐僧，唐僧哪里肯受？请行者，行者笑道："不瞒列位说，我老孙五百年前也当王，还想当玉帝呢。现在嘛，做惯了和尚，你请我做皇帝也不想干了。你还做你的皇帝吧。我还做我的和尚，西行取经去也。"

那国王苦让不过，只好登位，传旨将唐僧师徒四位尊容画下，供奉在金銮殿上。

逢君只说受生因，便作如来会上人。
一念静观尘世佛，十方同看降威神。
欲知今日真明主，须问当年嫡母身。
别有世间曾未见，一行一步一花新。

㉔ 观音施法缚红孩

离了乌鸡国，师徒们走了半个多月，来到一座高山前。忽见山中一朵红云，直升云霄，结聚了一团火气。行者大惊，急叫："有妖怪！"忙将唐僧扶下马来，兄弟三人将师父紧紧围护。

火云里真是个妖怪，几年前他就听说东土唐僧往西天取经，谁能吃他一块肉，便可延寿长生，因而天天到山间等候，今天果然等到了。可是一看三个徒弟早有戒备，觉得不可硬拿，心生一计："取经人行善，以善迷他，定能到手。"于是收了红光，到山

坡里摇身一变，变成个七岁小孩，麻绳捆了手脚，高高吊在树上，凄凄凉凉地叫："救命！救命！"那样子真是可怜。

行者看见火气已散，再请师父上马赶路。猛听得一阵阵呼救声，抬头看时，见一个小孩吊在树上。那小孩对着唐僧哀求道："师父救我，我父母都被强盗杀了，强盗把我吊在这里，快救救我。"唐僧叹息道："可怜！可怜！"叫八戒给他解开绳子放下来。行者在旁忍不住大喝一声："妖怪，你不要捣鬼骗人，有认得你的在这里！"那妖怪听了心中害怕，知道行者是能人，又故意泪流满面、战战兢兢地说："谢师父搭救，我是好人家孩儿，怎么是妖怪呢？"眼泪汪汪只顾磕头。唐僧责怪行者说："这么个可怜的小孩儿，你还要吓他，一点慈悲心都没有。"对那孩子说："你上马来，我带你去。"行者睁着火眼金睛，看那怪要怎样；那怪也正盘算着对付他，眼泪汪汪地说："我手脚都捆麻了，走不得，又是乡下人，不会骑马。"指着行者说："让他驮我。"行者笑着说："我驮。"将他驮在背上，暗中思忖(cǔn)："这个泼怪，到老孙面前捣鬼，让我走到前面去掼杀他。"那怪早已知觉，在行者背上吹了口气，变得有千斤重。行者恼怒，抓过一掼，那怪的真身上了云霄，发起一阵怪风，把唐僧卷走了。

发现师父一下子不见了，行者急得掣出金箍棒一阵乱打。打出了一群山神、土地，全都面黄肌瘦，衣服破得披一片、挂一片，跪在跟前叩头："大圣，山神、土地来拜见。"行者奇怪地说："你们这些山神、土地怎么弄成这样一副可怜相？"众神哭诉道："大圣哪里知道，这里是六百里钻头号山。只因来了一个妖精，弄得我们个个穿不上衣，吃不上饭，常把我们抓了去替他烧火管门，做苦工、干杂活。小妖还来讨常例钱，没有钱，就要拿山獐、野兔去孝敬精怪。稍不如他们意，就要打骂，弄得我们不得安生。万望大圣为我们剿除此怪，拯救山上生灵。”行者问：“这妖精叫什么名字？你们说说他的底细。”众神说：“这山有条涧叫枯松涧，涧边有座火云洞。洞里有个魔王叫圣婴大王，乳名红孩儿。说起来大圣也是知道的，他就是牛魔王的儿子，母亲是铁扇公主，是牛魔王叫他来镇守号山的。他在火焰山修行三百年，炼成了‘三昧(mèi)真火’，十分厉害。”

行者听后却高兴起来，喝退山神、土地来对八戒、沙僧说：“兄弟们放心，师父决不会有事。那妖精叫红孩儿，与老孙还是亲眷呢！”八戒说：“哥哥，你是东胜神洲人，他这里是西牛贺洲，你什么时候到这里来攀了个亲？”行者说：“你哪里知道，他是我五百年前在花果山为王时结的亲。想当年我遍访天下豪杰，结拜了七兄弟，大哥就是牛魔王，我称他牛大哥。记得大闹天宫时我称齐天大圣，他称平天大圣。那时我们是讲文论武、志同道合的好朋友，分别已五百多年了。这红孩儿原来是牛魔王的儿子。哈哈，真巧，论起辈分，他还要叫我声大叔哩！趁早去找他，说个明白。”沙和尚提醒道：“哥啊，常言道：‘三年不上门，当亲也不亲。’五六百年不见，他会认你吗？”

沙僧看管行李，行者、八戒二人来到火云洞口。行者叫小妖通报：“他大叔齐天大圣来了，要他快把唐僧送出来。”红孩儿正要把唐僧洗刷干净，上蒸笼蒸了吃。听到小妖来报，冷笑一声，叫：“管车的，推出车去！”一班小妖推出五辆小车子，按金、木、水、火、土排放在洞外。红孩儿手拿火尖枪走出洞口，高叫："是什么人在这里吆喝？"行者含笑近前先叫声："贤侄！"把当年与牛魔王结为兄弟之事介绍了一番，又说："那时我们老兄弟玩耍时，还不曾生你哩，所以不认得。贤侄，还是趁早送还师父，不要失了亲情。"那怪"咄"的一声喝道："猴头胡说什么！哪个是你贤侄？那唐僧做得你师父，也做得我下酒的菜。你休想夺取我的口中食。"举起火尖枪就刺来。行者十分恼火，骂道："你这个小畜生，不识高低，看棍。"两人在洞前打起来，八戒也举耙来筑，那怪心惊，败下阵来，站到中间一辆小车子上，用拳头在自己鼻子上捶了两下，念了句咒语，口里喷火，鼻中喷烟，五辆车子立即全都涌出大火，霎时一片火海，越烧越烈，不可抵挡。慌得八戒、行者赶快逃走。

回到沙僧那里，三人商量出个办法：以水灭火。行者下海，请了龙王前来相助。安排四海龙王在天上备雨等待，自己到火云洞口索战。那怪出来战了几个回合，又喷火烧起漫天赤焰。行者大叫："四海龙王行雨。"一时倾盆大雨往妖精的火上喷泻下来。谁知龙王的水只能对付凡火，红孩儿

的火是“三昧真火”，不但不能灭火，反而像是火上加油，水越泼，火越旺。行者念个避火诀，钻进火里要打那怪，那怪对着行者劈面喷一口烈火浓烟，行者被烟火呛住。妖怪再狠狠地喷一口，行者抵挡不住，纵上云头。红孩儿收拾火具，得胜回洞。

行者被一身烟火里外烧着，焦躁难熬，就钻入涧水里去灭火，又被冷水一逼，火气攻心，一时气塞，昏死过去。四海龙王在天上看见，慌得收了雨泽大叫：“天蓬元帅、卷帘大将，赶快救你们师兄。”沙僧连忙跳入水中抱起行者，只见行者浑身冰冷，四肢蜷曲难伸，他忍不住垂泪哭道：“师兄，你修得长生不老身，如何今天做了短命人。”八戒忙叫：“莫哭，他有七十二般变化，就有七十二条性命，我们救救看。”两人将行者扶头推脚，按摩揉擦了好一阵，只听行者苏醒过来叫了一声：“师父啊！”八戒、沙僧忙说：“哥啊，我们在这里。”行者睁开双眼说：“兄弟们在这里，老孙吃了亏了。”再起身向空中谢四海龙王，请他们各自回去。

沙僧搀着行者，一同到松林中坐定。行者止不住泪如雨下。沙僧劝道：“哥哥，不要烦恼，我们再想办法，总能降除妖怪救出师父。”大家商量一阵，只有请观音来除掉此妖。可是行者腰酸腿麻，一时驾不起筋斗云，这次只好由八戒去请。

那怪回到洞中，心想孙悟空居然搬来龙王做救兵，说不定还会另请救兵，就跳到空中看看动静。只见八戒往南海而去，料定是去请观音的。他驾起云头，赶到八戒前面，变成一个假观音端坐在山崖上。八戒正在云上走，看见观音坐在那里，哪知真假，过去倒身下拜，详细说了事情经过，求观音去除妖救师父。那假观音说：“火云洞主我认识，是个有德之仙，一定是你们冲撞了他，才拿你们师父。你跟我去见那洞主，与你说个人情，把你师父讨回来吧。”八戒老老实实跟他到火云洞。刚刚进到洞里，众妖一声呐喊，将八戒推倒，装进一个皮袋里，束紧了袋口，高高吊在梁上。八戒才知上了当，在皮袋里大骂：“泼怪物，骗了我吃，教你们一个个遭天瘟……”

行者与沙僧正坐着，忽然一阵腥风刮过。行者说：“不好了，这阵风，凶多吉少。”他叫沙僧守着马匹行李，自己变个包袱在路边。小妖见了欢喜，将包袱拾进了洞里。行者听见八戒在梁上吊着的皮袋里哼哼。仔细一听，八戒在骂妖怪，说什么变假观音把他哄到洞里，要把妖怪筑上一千耙才出气。行者这才知道观音不曾请到，八戒却遭了殃。他觉得八戒虽然闷在里面哼哼唧唧，像个瘟猪，却也刚强气盛，还是好样的。又听红孩儿传令，叫六大将马上去请老大王来同吃唐僧肉。行者想：“你变观音骗八戒，如今我变你爹哄你。这就是古人说的‘以其人之道还治其人之身’。”于是变个苍蝇飞出了洞口，到半路上摇身一变，变个牛魔王，再拔几根毫毛变几个小妖。那六大将走来看见，急忙跪下，说圣婴大王派他们来请老大王去吃唐僧肉。行者大摇大摆地随他们来到火云洞。一时列队奏乐，将他迎接到大厅当中坐下。红孩儿跪下磕头，父王长、父王短地禀告，行者也一个劲地叫他“儿”。直到红孩儿传令马上安排吃唐僧时，行者说：“儿啊，我年老吃素了，放了唐僧吧！”这句话叫红孩儿犯了疑，心想哪有这种事？觉察可能有假，就盘问试探：“父王还记得孩儿的生日吗？”行者答不出，说：“我年老健忘，明日问你母亲吧。”妖怪心知是假，举一枪来戳。行者现出本相，哈哈笑着一个筋斗飞走了。

他一路笑着回到树林里，对沙僧说了经过，并决定自己马上去请观音。沙僧说："你还腰疼呢，让我去。"行者说："一高兴腰也好了，还是我去得快。"说完已纵云而去，来到南海普陀山。观音听了行者的诉说，就叫惠岸飞身去天宫带回三十六把天罡刀。将刀抛在海中，念个咒语，三十六把刀就化作一朵大莲花。观音走进花中，又摘一个花瓣，叫行者坐。行者登上花瓣，觉得比海船还大。前边由白鹦鹉引路，后面是白衣观音端坐莲花上，旁边是行者乘一瓣花舟，漂过那蔚蓝色的大海。周围有彩色祥云送迎，飘然来到号山。观音用柳枝在行者的手心里写一个"迷"字，叫他捏紧拳头，快去与红孩儿索战，把红孩儿引出来。

行者到洞口叫了一阵，又举棒乱打，把门打了个大洞，引逗得红孩儿怒气冲冲地出来迎战。行者故意佯败，边战边走，只把画了"迷"字的手不断对他放，弄得他神志迷乱，只顾追赶而来。一直把他引到观音面前，行者藏进了观音的光影里。

红孩儿见观音端坐在莲台上，喝一声："你就是孙行者搬来的救兵么?"举起长枪就刺。观音化道金光升到空中，红孩儿哈哈大笑说："没用的菩萨，一枪也挡不了。"他见那莲台光芒四射，十分喜欢，急忙抢占莲台，在正中坐下。行者急得动手要打，观音忙阻止道："不用急，看法力。"她将柳枝向下一指，喝声："退!"莲台祥光散去，片片花瓣化成天罡尖刀。观音又念一声"唵"，天罡刀又变成倒须钩，狼牙一般将红孩儿拢进刀丛，只要动一动就皮开肉绽。红孩儿慌了，苦苦哀求："菩萨，弟子有眼无珠，不识你法力无边，饶我性命，情愿改邪归正。”

观音带行者来到红孩儿面前，从袖中取出一把金剃刀，把红孩儿的头发分成三绺(liǔ)，剃了几刀，绾(wǎn)成三个髻，对他说：“你改邪归正，我也不怠慢你，收你做善财童子如何?”那怪点头受命，只求饶命。观音用手一指，喝声：“退!”三十六把天罡刀一齐落下。红孩儿见尖刀已消，野性不改，举起枪又向观音刺来。观音投去五个金箍儿，叫声：“着!”一个套在头上，四个套进双手和双脚。接着念声咒语，四个金箍越勒越紧，痛得红孩儿在地上打滚，只叫饶命。观音不念了，他也不痛了，爬起来又举枪向观音刺来。观音用柳枝蘸了点甘露洒过去，叫声：“合!”只见他丢了枪，双手合十，再也分不开，这才低头下拜。观音说：“你野心未改，一步一拜到落伽山，收了野性，我才收法。”红孩儿成了一个梳着鬏(zhuā)髻、套着金箍金镯子、白面红唇的小孩子，模样儿倒也可爱，一步一拜地随着观音去了。

谢别观音后，行者会同沙僧，救出师父和八戒，继续西行。

面如敷粉三分白，唇若涂朱一表才。
鬓挽青云欺靛染，眉分新月似刀裁。
战裙巧绣盘龙凤，形比哪吒更富胎。
双手绰枪威凛冽，祥光护体出门来。
哏声响若春雷吼，暴眼明如掣电乖。
要识此魔真姓氏，名扬千古唤红孩。

㉕ 陈家庄义救幼童

过了黑水河，经过车迟国，师徒们辛苦赶路。忽听滔滔浪响，眼前一片大水挡住去路。八戒说："让我试试深浅。"在路旁拾了一块石头抛下水，只听得"骨嘟嘟"沉下，无影无踪。八戒惊叫："深，深，深，去不得。"唐僧不解，问："悟能，你休乱说，如何便知深浅？"八戒说："石头下去，溅起水泡是浅，'骨嘟嘟'下沉是深。"行者说："待我去看看有多宽。"纵起筋斗云跳到空中一看，茫然似海，一望无边，急收云头落到河边说："师父，宽哩，宽哩，过不去，过不去。"唐僧流泪说："徒弟啊，西天之路如此艰难，不知何时才走得到哩！"行者说："师父莫哭，那里有个石碑，我去看看。"见碑上三个大字："通天河。"下有两行小字："径过八百里，亘(gèn)古少人行。"八戒说："师父，你听，那边有鼓钹(bó)声音，一定有人家，我们去化斋饭吃，问个渡口寻个船明天过去吧。"大家循声而去，果然找到一个村庄，约有四五百户人家。

那个村庄叫陈家庄，路口一家大门敞开，里面灯烛通明。他们进了这户人家，受到主人的款待，但总觉得今晚有什么大事，主人家上上下下泪水不干。唐僧谢了斋，不好多问，倒是主人问道："你们取经，怎么走到我们这地方来了？"唐僧说："因大河挡路，故来府上借宿。”主人问：“在河边可曾看到一座灵感大王庙？”行者说：“不曾见，请公公说说。”主人顿脚捶胸，恨了一声说：“天哪！就是这个大王，一年一次大祭，要一个童男、一个童女，加上猪羊等物供奉他吃。如果不祭，就来降祸生灾。”行者说：“有这等事！那今年怎样呢？”主人哭道：“今年正轮到我家。我叫陈澄，今年六十三岁，只有一个女儿，才八岁，名叫一秤金。我兄弟叫陈清，五十八岁，只有一个儿子，今年七岁，叫陈关保。我兄弟两人只这两个孩子，如今要献出去祭灵感大王，实在难割难舍。”说完泣不成声。唐僧听了也止不住落泪，说：“天下哪有这等事！”

行者听了大怒，说：“什么大王？岂容他在此吃人！你先抱那童男出来我看。”主人进去，叫弟弟陈清将关保儿抱到厅上。小孩子什么也不懂，还在蹦蹦跳跳地吃果子。行者见了，摇身一变，变得与关保儿一模一样，两个孩子拉着手在灯前跳舞。众人大惊，说：“不知师父有如此本事，还请显出本相。”行者把脸一抹，现了本相说：“我替你孩儿去祭大王，如何？”陈清跪下磕头：“老爷慈悲，替我孩儿，我倾家荡产也难以报答。”没完没了地磕头感谢。那边陈澄见了，只是痛哭。行者上前说：“想是舍不得你女儿吧？”陈澄跪下说：“是舍不得。蒙老爷盛情，救替了我侄儿也够了，只是老夫只此一女，如何舍得？”行者扯住八戒说：“教他变你女儿，我兄弟同去祭那大王，救你两个儿女性命如何？”八戒急了，说：“哥啊，不要攀扯我。你会变化，我却不会呢。”行者说：“你也有三十六般变化，怎么不会？”唐僧劝道：“悟能，你师兄说的是，救人要紧。”八戒说：“我只会变山变树、变石头、变癞象、变水牛、变胖大汉，若变小女孩，有点难哩。”行者对陈澄说：“抱出你女儿来看。”陈澄急忙到里边抱出女儿一秤金，一家大小都出来磕头，只求救孩子性命。小女孩穿着红衣绿裤，也拿着果子吃。行者说：“八戒，就变这女孩儿，快，莫讨打。”八戒心慌，说：“哥哥莫打，等我变了看。”

这呆子念动咒语，把头摇了几摇，叫：“变！”脸面真的变成一秤金，可是身体还是个胖大和尚，扭来扭去，就是变不过来。行者笑道：“再变，再变。”八戒说：“凭你打吧，变不过来了。”行者就对着他的肚子吹了口仙气，八戒的身子也变得与一秤金一模一样了。行者叫陈澄、陈清把两个孩子带进去，不要走漏风声。吩咐沙僧保护师父，自己和八戒上祭台去。

陈家搬出两个红漆大盘，放在两张桌子上，行者与八戒一人坐一个，由几个人抬起桌子，锣鼓喧天，灯火通明地送到了灵感

大王庙。留下这对假的“童男”“童女”后，众人慌忙逃走。

忽然呼呼风响，八戒说：“不好了，来吃我们了。”行者说：“别说话，我来对付。”一阵阴风，庙门外来了一个妖魔，身穿金甲，头戴金盔，恶狠狠地用身躯挡住庙门问道：“今年祭祀的是哪家?”行者笑吟吟地答：“承大王下问，是陈澄、陈清家。”那怪心中惊疑：“这童男胆大，言谈伶俐。往常供奉的小孩问一声不敢答，问二声已吓死。今天有点不对。”他不敢马上动手，又问了句：“童男童女叫什么名字?”行者笑答：“童男陈关保，童女一秤金。”怪物说：“每年供奉，这是老规矩，今天当吃你。”行者说：“请自在受用。”那怪见这童男这么胆大，又不敢动手，喝了声：“住嘴，今年我倒要先吃童女呢!”伸手就来抓八戒。八戒“噗”地跳下来举耙就筑，“当”的一声响，不见了怪物，只见掉下盘子大的两块鱼鳞。行者也露出本相，急急跳到空中追赶。那怪在云中问道：“你是哪方和尚，到此欺人?”行者说：“泼怪听着，我等是大唐圣僧三藏法师的徒弟，去西天取经，路过陈家庄，知你在此残害百姓，吃了许多童男童女，饶不得你。”举棒就打，八戒也举耙上前，那怪打不过，回身钻进了通天河。行者、八戒赶走了灵感大王，回到陈家庄，陈家兄弟感激不尽。

感应一方兴庙宇，威灵千里祐黎民。
年年庄上施甘露，岁岁村中落庆云。
虽则恩多还有怨，纵然慈惠却伤人。
只因要吃童男女，不是昭彰正直神。

㉖ 通天河鱼篮捉怪

灵感大王逃回水府，他知道唐僧已到此地，一心想吃唐僧肉，只是苦于唐僧的徒弟厉害，下不了手。有个花鲤鱼精献了一计，乐得灵感大王连声赞道："妙计，妙计。"马上按计行事。当天夜里就作法，一时狂风暴雪，把个通天河冻得如同百里平川。

唐僧听说冰封通天河，觉得这是过河的好机会，顾不得陈家二老苦苦挽留，就要踏冰而过。沙僧有些疑虑，劝道："师父，不妨宽住几日，等天晴化冻再办船过去。忙中恐有错啊！"唐僧认为已是秋天，天气只会一日冷于一日，怎能指望解冻？八戒用耙筑了一下，说："去得，连底都冻住了。"于是收拾行李赶路。陈家二老感谢师徒救了孩子，捧出大盘金银，跪下定要唐僧收下。唐僧坚持说："出家人要金银何用？救人行善，乃取经之本意所在，不必挂齿。"告别而去。

师徒们在冰上行走，真是马不停蹄，只求快快过河。谁知走到河心，忽听脚底下"哗啦啦"一声响，冰河开了个大裂口，八戒、沙僧、唐僧连人带马全都落水，只有行者机灵，一下纵上云头。那怪早已等在下面，立即抓去唐僧。八戒原来统率过天河水兵，沙僧原是流沙河水怪，白马本是小龙，他们很快都钻出了冰层，上来与行者会齐，就是找不到师父。

三人回到陈家庄，陈家二老听说唐僧落到水中，都急哭了。行者安慰说："一定是那灵感大王作法弄去了，不用担忧，老孙这次一定斩草除根，救出师父，也为你庄上人永除后患。"二老及众人十分欢喜，请他们吃了斋饭，照料好马匹行李。行者、八戒、沙僧再到河边，只见冰已全消。三人一起下水，走了百十里路，看见一座楼台，上有"水鼋①之第"四个大字，估计是妖精住处。行者叫八戒、沙僧在外面等，自己变成个长脚虾婆，一跳一跳进了门里。果然见灵感大王坐在正中，两边排列着虾兵蟹将，旁边坐着个花鲤鱼精，正在商议如何吃唐僧肉。行者找来找去，找不着唐僧，看见一个大肚虾婆走来，就招呼她说："嬷(mó)嬷，大王说要吃唐僧肉，那唐僧在哪里?"虾婆说："昨天捉来后就关进了石匣子中，免得被他徒弟救去。"行者一跳一跳，终于找到了石匣子，足有六尺长短，封固严密。他跳到匣盖上，听见唐僧正在里面哭泣，就轻轻叫道："师父，我来了。"唐僧听见说："徒弟快救我。"行者说："你放心，捉住妖怪定使你脱难。我走了。"又一跳一跳地出去，到外面现了原身，对八戒、沙僧说："正是此怪捉了师父。老孙先出水面，你们快去叫战。能擒则擒，不能擒就佯败，引他出水，我来收拾他。"行者念个避水诀，钻出波浪，上岸去等。

八戒、沙僧打上妖怪大门，厉声叫骂。那怪全身金盔金甲，手舞一柄九瓣铜锤，率领百十个小妖出门迎战。战了几个回合，那怪水中功夫十分厉害，八戒、沙僧且战且走，把怪引出水面。

---

①鼋(yuán)：鼋鱼。爬行动物，外形像鳖，生活在水中。

刚刚露头，行者大喝一声：“看棍!”那怪慌忙使铜锤一架，未战三个回合，就招架不住，打了个水花潜入河中，消失得无影无踪。如此再三，在水中他本事大，八戒、沙僧擒不住他；引他出水，他又屡屡溜走。最后他干脆封闭水宅门户，任你叫骂，再不露面。行者怕时间长了那怪对师父下毒手，叫八戒、沙僧在河上巡视，自己去南海找观音商量。

行者驾筋斗云到了普陀，急匆匆地来到观音坐的莲台边。莲台上空空的，观音呢？众神告诉说：“菩萨今天很早就进了紫竹林，知道大圣必到，叫你在外等候。”行者等得心焦，往紫竹林中张望，看见观音在竹林深处，盘坐在竹箬(ruò)上面，头发随意散绾着，只穿一件贴身小衫，露出两只光臂膊，腰间束了一条锦裙，赤了一双脚，容颜绰(chuò)约，手执钢刀，正在削竹篾。

他忍不住高叫一声：“菩萨，弟子孙悟空特来拜见。”观音头也不回说了句：“在外等候。”行者心急，说：“师父有难，特来拜问通天河妖怪根源。”观音说：“知道，在外稍候。”行者只好出来。

一会儿，观音手提一只刚编好的紫竹篮子走了出来，说：“悟空，我和你去救唐僧。”驾起祥云就走，行者紧紧跟上。

到了通天河，八戒、沙僧看见，都说行者急猴子，不知怎么催促，把个未梳洗的观音逼来了。观音在紫竹篮上系一根长丝带，踏着云彩来到河中间，念了七遍咒语，把紫竹篮往水里一丢，牵着丝带慢慢提起了篮。只见篮里一条亮灼灼的金鱼，还在眨眼睛翘尾巴呢！观音说："悟空，妖怪抓来了，就是这条金鱼。他本在我的莲花池里长大，每日浮出听经，修得本领。又用一枝荷花的花蕾，运炼成九瓣铜锤，趁着海潮，来此作怪。我因不见他浮出水面听经，算得他在此成精害人，因此未及梳妆，编个紫竹篮来擒他。现在，你们救师父去。”

行者叫八戒、沙僧去河底“水鼋之第”救出师父，自己却要观音稍留，去叫陈家庄的人都来拜谢观音。因为拿了金鱼怪，不仅救了师父，也根除了陈家庄献童男童女的灾祸。全庄男女老幼都涌向河边叩谢观音。观音则已驾起云彩冉冉而去。当时有个绘画的人，赶快画下了“鱼篮观音”的画像，流传世间。

八戒、沙僧救回了唐僧，全村庄的人都来感谢他们，正因为他们的到来，使这里的人不再受“人祭”之害，永得安宁。听说他们要过通天河，这家愿出木板，那家愿买桅(wéi)篷……一时吵吵嚷嚷争着出钱出力出物。忽听河中高叫："孙大圣不要造船，我送你师徒过河去。”是谁呢？水里钻出了一只像船那么大的老鼋。老鼋说，水底下那个“水鼋之第”本是他的住宅，是祖祖辈辈传下来的，谁知九年前来了个金鱼怪，把他赶出家门，伤害了他许多儿女，霸占了他的家。如今除掉金鱼怪，也为他报了仇，他又回到久别的故居，全家团圆。他说孙大圣对他恩重如山，不可不报答。师徒们听了都欢喜，一个个爬到老鼋的背上。老鼋的背壳约有四丈周圆，白马居中，唐僧站在马的左边，沙僧站在右边，八戒在马后。行者在马前，叫声：“老鼋，慢慢走啊！”老鼋答应：“晓得，放心就是。”蹬开四足，踏水面如行平地。岸上众人焚香叩头，还在那里口口声声感激不尽。

不用一天，老鼋就稳稳地过了八百里通天河。临别时，唐僧向老鼋道谢，老鼋说：“不用谢，只是希望师父到西天时，代我向如来佛祖问一声：我修行了一千三百年了，会说人话，不知何时方可得个人身？”唐僧说：“我问，我问。”然后告别而去。

圣僧奉旨拜弥陀，水远山遥灾难多。

意志心诚不惧死，白鼋驮渡过天河。

㉗ 金皘山玄妙圈子战

秋天过去，又到严冬。师徒们冒雪冲寒，艰难跋涉。唐僧在马上望见远处楼台高耸，高兴地说：“好啊，正是又冷又饿的时候，前面就有了人家。悟空，去化点斋吃。”行者一看，只见那里凶云隐隐，恶气纷纷，忙对师父说：“师父，那里气色凶恶，千万别去。我去别处化些斋来给你吃。”他临走时很不放心，一再关照：“西天路上，妖魔常幻化出楼台房舍，用来哄人进入他的圈套，不可大意。”转身要走，又回来，拿金箍棒在地上画了一个圈子，将唐僧、八戒、沙僧和马匹行李都安排在圈子里面，

对大家说：“老孙画的这个圈子，强似铜墙铁壁，任他豺狼虎豹，妖魔鬼怪，都不敢近。但你们切不可走出圈子。在圈子中稳坐，保你无事；如果出了圈子，会遭毒手。千万记住，不可有误。”大家端端正正地在圈子里坐好了，行者才拿起钵盂驾云向南边去。

唐僧坐在圈子里久了，不见行者回来，就时时起身张望。八戒更没有耐心，说：“那猴子叫我们在这里坐监牢。这里不避风，坐着脚更冷。不如顺路西行，师兄化了斋一定能赶上我们。”又冷又饿的时候，前面那些舒适的楼台房舍自然更加诱人。于是大家走出圈外，向那有房子的地方走去。

没多久，他们就从寒风凛冽的荒野来到避风挡雪的高楼前。那是坐北朝南之家，外面是八字粉墙，中间是五彩门楼。门半开半闭，门外无人，似乎都在里面烤火。唐僧歇在避风的门楼下，叫八戒进去看看。八戒穿堂入室径直上了楼，都未找到一个人。见黄绫帐幔(màn)低垂，他想大概主人怕冷，在里面睡觉呢。悄悄过去，把帐幔轻轻掀开一看，这可把八戒吓了一跳！原来帐子里是白媸(chī)媸的一堆骷髅骸(hái)骨。这时帐子边亮光一闪，照见桌子上有三件锦绣棉背心。呆子看了欢喜，就把三件背心带了出来，告诉说：“师父，这是个亡灵之宅。这家人都死光了，留下三件棉衣没人要，正好给我们御寒。”不顾唐僧不依，与沙僧一人一件试穿了。谁知刚将背心套上身，两人就“噗”地跌倒，背心变成绳索，将两人来了个五花大绑，捆得丝毫动不得。唐僧慌了，急忙来解，却解不开。一个魔头来到跟前，呵呵笑道：“中了我的圈套了。”于是收了楼阁房舍的幻象，捉了三人就走。

行者化了一钵斋饭回来，不见了师父，再看前面的楼房也已无影无踪，马上叫出山神、土地来问。方知这里叫金兜(dōu)山，山里有个金兜洞，洞里有个独角兕①大王，凶恶无比，神通广大，经常化出幻象，叫人中他的圈套，师父师弟必是被他拿去了。行者把斋饭交给土地保管，急忙去找金兜洞。

转过山崖，在乱石嶙峋(lín xún)的石崖边，行者见到两扇石门，门外有许多小妖在抡枪舞棒。行者厉声高叫："那小妖，快去与你洞主说，我是大唐圣僧的大徒弟齐天大圣孙悟空，快叫他送我师父出来，否则教你们全都丧了性命。"那魔王听了小妖报告，挥动丈二点钢枪②杀了出来。行者一看，那怪头生独只犀牛角，两眼如灯，黑肉横生，蓝皮粗突。妖怪大叫："与你斗三个回合，敌得过我，饶你师父一命；敌不过我，教你命归阴曹。"行者举棒来迎，两人战到三十回合，不分胜负。魔王见行者棒法整齐，毫无破绽，忍不住喝彩："好猴儿，真是那闹天宫的本事。"喝令小妖一齐来，把行者团团围住。行者叫了声："来得好，正合我意。"把金箍棒丢上去，喝声"变"，马上变成千百条棍棒．好似飞蛇走蟒，打得众妖一个个抱头逃命。魔王却在旁冷笑道："那猴头不要无礼，看手段!"从袖中取出一个亮灼灼、白森森的圈子来，往空中抛起，叫声"着"，"呼喇"一声，把金箍棒套了去。行者没了武器，只得翻个筋斗先走。魔王得胜回洞。

---

①兕(sì)：古代指犀牛。②点钢枪：中国古代名枪。枪长一丈二，枪名点钢，意为即便是百炼精钢也能一点即透，形容枪的锋利。

行者败了阵，坐在山后两眼泪汪汪。武器都被缴了，败得真惨啊！他伤心多时，忽然悟到什么："那妖精认得我，说什么'闹天宫的本事'，看来必是天上凶星下界。对，上天界去查。"他一筋斗翻到天宫，查了诸天星斗，各宿神主都不少人，一时查不到那怪来历。不过搬来两个救兵——李天王和哪吒三太子，还有两位雷公随行相助。

魔王看见哪吒，他也认得，说："你是李天王第三个孩儿，虽然也降过九十六洞妖魔，毕竟是小儿辈，不要走，吃我一枪。"哪吒变作三头六臂，手执六种武器：斩妖剑、斩妖刀、缚妖绳、降魔杵、绣球、火轮，上前迎战。魔王见了也变作三头六臂，举三柄长枪抵住。哪吒又大叫一声"变"！六样兵器一变十，十变百，百变千，千变万，如骤雨冰雪，纷纷密密，向魔王打去。魔王并不害怕，又拿出那个白森森的圈子，向空中抛去，叫声"着"，哪吒的武器也全都被他收了去，空手逃生。

哪吒败阵回去，大家商议对策，认为那魔最厉害的就是那个圈子，什么武器都能套了去。李天王认为水与火不能套，行者就去天宫请火神火德星君。火德星君欣然来助。

这次是李天王先上阵，那魔王又认识，说："李天王，想是要与你令郎报仇，讨兵器来了？"两人交战。行者与火德星君站在高峰，星君传下号令，教众部火神一齐放火：火枪齐鸣，火刀乱舞，火箭齐发，火鸦满山扇火，火马带火奔驰，无数火鼠喷烈焰，火龙吐火云，火旗满天摇红霞。真是天火非凡，好生厉害！但是魔王并不害怕，又把圈子抛出，叫声"着"，火龙、火马、火鸦、火鼠、火枪、火刀、火箭……一圈子全都套了去，得胜回洞。

常言道："水能灭火，水比火强。"行者又去天宫请了水德星君，水德星君带来个白玉盂儿，里面盛了半盂儿水——那是半条黄河的水，来淹金兜洞。尽管浪高千丈，涛激万层，最后，还是敌不过那个圈子，白玉盂儿也被魔王收了去。

行者恨极，一怒之下赤手空拳上阵，拔下一把毫毛，变成几十个小猴一齐出战。可是最后连这些毫毛也被那圈子套了去，孙悟空真是连毫毛都输掉了。

这边都成了赤手空拳的人，大家说来说去，一致认为："魔王好治，只是圈子难降。"行者变了个苍蝇，从门缝钻进去探看那圈子。只见魔王高坐台上，得意洋洋地开怀畅饮。行者飞落到小妖堆里，变成个獾(huān)子精，慢慢地挨近台边，找来找去，全不见圈子的踪影。转到台后，忽然看见他的金箍棒，喜出望外，走上前拿起棒一路打出去，出了洞门。

不说那魔王气恨恼火，倒是这边的众神见行者拿回了武器，都发愁说："我们的宝贝何时到手？"行者说："不难，不难，再难也要他还。"他又变了个蟋蟀，从门缝里钻进去，蹲在墙根下，只见群妖大吃大喝，酒醉饭饱，东倒西歪。魔王正在传令排班坐夜，防止孙悟空又来偷盗兵器。行者"嚁(qū)，嚁，嚁"地叫了几声，钻进了魔王房里，只见几个涂脂抹粉的山精树鬼正服侍老魔睡觉。小妖给他脱鞋脱衣时，行者才看见魔王将圈子戴在左手臂上，就像戴了个手镯。他又变成一个跳蚤，蹦跳上床，钻进被窝，爬到魔王的左臂上，狠狠地咬了一口。那魔翻了个身，骂小妖："你们这些懒鬼，被子不抖干净，让我被虫咬了一口。"但他没有把圈子褪（tùn）下来，反而捋（luō）得更紧些。如此再三，那魔虽被搅得睡不着，行者也总偷不到圈子，只好跳下床，仍旧变个蟋蟀跳出去。他看见后面一间屋门锁着，听见里面火龙、火马在呻吟，就使个解锁法推开门，原来火德星君、水德星君、哪吒的兵器全都在这里，就是他自己被魔王套去的毫毛也在石桌上一只竹丝盘子里。行者满心欢喜，拿起毫毛叫声“变”，变成几十个小猴，叫他们拿了刀、剑、枪、玉盂儿、火轮，赶起火鸦，牵了火马……行者自己骑了火龙，浩浩荡荡呼啸而去，身后留下一洞大火。美猴王得胜而回，妖精烧死大半。

众神各自收回宝物，个个精神抖擞；行者有了金箍棒，威风重整。这次行者上前挑战，李天王、哪吒、雷神、火德星君、水德星君全体出动，一起对付魔王。魔王毕竟招架不住，但是他又丢出圈子，“呼喇”一下，行者的金箍棒、哪吒的六件武器、李天王的刀、雷公的楔[①]、火德星君和水德星君的全套宝贝又通通被那圈子套去了。

行者决定去西天找如来。如来叫十八罗汉带金丹砂前去助阵。可是临走时少了两尊罗汉，等了好一会儿，迟到的降龙、伏虎两罗汉才赶上来。众罗汉笑呵呵地一起驾云而来。

十八罗汉向魔王放出金丹砂，飞砂迷目。那魔王先是眼睛难开，把头低了一下，脚也没入砂中三尺余深。他纵身一跳，反而又陷下二尺多深，越陷越深。那怪急了，赶快丢出圈子，叫声“着”！“呼喇”一声，十八罗汉的金丹砂又全被他套了去。行者

①楔（xiè）：这里指雷公所使的一种楔形的武器。

焦急万分，降龙、伏虎才说出了来时迟到的原因：如来吩咐，如果金丹砂还陷不住他就去找兜率宫太上老君，一定能擒。

行者一个筋斗上了南天门，不找玉帝不找任何人，径直跑到三十三天之外的离恨天兜率宫前，也不顾看门的仙童阻拦，径直往里走，与太上老君撞个满怀。老君问："这猴头什么事这么急匆匆?"行者说："此事与你有关。"一边答话一边东张西望，忽见廊外牛棚边看牛的童子在睡觉，青牛呢？不见了。行者叫道："老官，牛逃走了，牛逃走了！"老君大惊，叫醒童子，急问："这孽畜怎么走了?"行者说："下界作怪害人去了，你查查少了什么宝贝？他有一个圈子十分厉害。"老君一查，慌忙叫："偷了我的金刚套去了！"行者说："原来是这件宝贝，大闹天宫与二郎神斗法时，打着老孙的就是它。如今你纵放怪兽，挟持宝物，作恶伤人，该当何罪?"老君说："去，去，去，我与你去拿他。"拿了一把芭蕉扇就走。

来到金㠝山，老君与十八罗汉及众神见过后，叫行者去诱他出来。行者见魔洞的门已被烧掉，妖精也少了大半，但魔王仍气昂昂地出来与他交战。行者跳上去打了他一个耳刮子转身就跑，魔王赶到高峰下，只听得山峰上老君喝道："那青牛还不回家，更待何时?"魔王认得是老君，吓得心惊胆战道："这猴头好厉害！访得我主人来也!"老君念动咒语，用芭蕉扇扇了一下，那魔王只得将圈子丢来，老君一把接住。又一扇，那怪现了本相：一头青牛。老君将那圈子吹了口仙气，穿了那怪的牛鼻子，辞了众神，跨上牛背，腾空而归。

众神及十八罗汉打入洞内，各自收回宝贝告辞回去。行者入洞救出唐僧、八戒、沙僧。唐僧说："徒弟，多亏了你。早知道就不出你画的圈子了，哪会有此灾难!"行者说："不瞒师父说，只因你不信我圈出的防线，所以要受别人圈子的苦。恶人的圈套难对付，不可不防啊!"

这时金㠝山土地捧来钵盂，是行者化来的斋饭，请唐僧用了西行。

德行要修八百，阴功须积三千。均平物我与亲冤，始合西天本愿。　　魔兕刀兵不怯，空劳水火无愆。老君降伏却朝天，笑把青牛牵转。

㉘ 子母河误饮怀孕水

西天路上有一个西梁女国，那里都是女子，没有男人。

女儿国的风景甚好。师徒们来到一条美丽的河边，两岸垂柳依依，鲜花烂漫；河中澄澄碧水，湛湛寒波，更是清冽可爱。唐僧口渴，叫八戒："舀些水来我喝。"八戒说："这河水看了都喜欢，我也正想喝点。"遂取钵盂舀了一钵，递给师父。师父喝了一小半；剩下的八戒全喝了，喝完赞不绝口："好水，好水。"可是走了没多远，唐僧呻吟："肚子痛。"八戒也说："我也有些痛。"接着越痛越厉害，渐渐地肚子大起来了。唐僧说："冷水喝坏了。"行者说："前面有一户人家，快去讨些热汤，买点药吃。"

他们走进这户人家，见只有一个老婆婆。行者向她说明来意，那婆婆笑着问道："是否喝了那河里的水？"行者答："正是。"婆婆哈哈大笑说："那条河叫子母河。我们这里都是女子没有男人。长到二十岁后才去喝那河里的水，喝了就会怀孕生孩子。你们喝了，肚子大了，也要生小孩了，所以肚子痛呢！"唐僧听了大惊，八戒战战兢兢地说："我们都是男子，怎么能生小孩呢？要死了，要死了。"行者、沙僧都着急，问婆婆可有什么办法。婆婆说："办法只有一个。这里有座解阳山，山中有个破儿洞，洞里有口'落胎泉'，只要喝一口落胎泉水，就可解除胎

气，只是如今取不到水了。去年来了一个道人叫如意真仙，把那破儿洞改成聚仙庵，占住落胎泉水不让人取。取水的人要杀羊担酒，备许多礼品去献给他，他才肯给一碗水呢。”行者说：“师父放心，待老孙去取些水来。”

行者来到解阳山破儿洞前，见一个守门道士坐着，就上前行礼，求一盏落胎泉水治病。那道士说：“你的礼物呢？我师父护住山泉，不能白送给人，你回去办礼物来，我才通报，否则不用想。”行者说：“我们是过路僧人，不曾办得礼物，还望通报一声，做个人情。”道士冷笑说：“你是什么人？有多大人情？”行者说：“我是东土取经和尚唐三藏法师的大徒弟孙悟空，务请通报一声。”那道人勉勉强强通报去了。

不通报犹可，一通报那如意真仙怒从心上起，恶向胆边生，拿了一把如意钩跳出庵门，叫道：“孙悟空何在？”行者合掌作礼道："贫僧是孙悟空。"如意真仙气冲冲地说："你可认得我么？我是牛魔王的兄弟。听家兄带信来说，舍侄圣婴大王红孩儿被你害了，我正没处寻你报仇，你倒来找我，还要什么水哩！"行者赔笑说："先生差了，令兄也曾与我拜过兄弟，令侄如今做了观音的善财童子，我都不如他，你如何怪我？"如意真仙喝道："你这泼猴，还狡辩，把你剁成肉酱，为我侄子报仇。"说完就举钩来打，行者举棒相迎。打了几个回合，如意真仙敌不过，拖着如意钩逃往山上。

行者也不追他，进庵来寻水，那道人把门关了。行者一脚踢开闯进去，赶开道人，拿了井栏上的吊桶就打水。刚把水提上来，冷不防那如意真仙从后面过来用如意钩把行者的脚一钩，行者跌了一跤，水打翻了。再吊水，又被他钩子钩得一跌。转身打那如意真仙，他便跑；再打水，他又来了。如此再三，总也吊不到水。行者心中暗想："去找个帮手来。"

他急忙赶回村舍叫沙和尚，见唐僧与八戒疼痛难熬，正捧着大肚子叫苦。行者安慰几句，叫沙僧向婆婆借了吊桶和绳索，两人腾云折回聚仙庵。

这次行者又到前门叫喊要水，如意真仙拿了如意钩出门，喝道："泼猢狲，泉水乃我家之物，任他帝王将相也不可白取，何况你又是我的仇人，不给不给。"行者骂道："这落胎泉本是女儿国公众的泉水，人人可取，如今你霸占泉水，敲诈勒索，作恶一方，饶你不得，看棒！"两人一来一往又打起来。沙僧趁机提着吊桶闯进门去，赶走道人，满满地打了一桶水，驾起云雾，在空中向行者喊道："大哥，我已取了水去了。"行者听到，才用棒支

住了如意钩道："老孙若拿出本事来打你，莫说你一个如意真仙，再有几个也都打死了。我看在令兄牛魔王的情分上，饶了你性命。"又上前夺了他的如意钩子，折为两段掷于地上，说："记住！以后再有人来取水，切不可对他们敲诈勒索。"那妖仙战战兢兢，忍辱无言。

行者回去，见沙僧已将水提来，那婆婆取出个花磁盏子，小心地舀了半盏叫唐僧喝。八戒心急，要拿吊桶来喝，婆婆连忙阻止，说喝多了怕肠子也化尽了，也只让八戒喝了半盏。两人的肚子很快就变小了，也不痛了。老婆婆讨去那剩下的半桶水，用瓦罐装好，埋在地下，十分欢喜，收拾斋饭请师徒吃了上路。

真铅若炼须真水，真水调和真汞干。
真汞真铅无母气，灵砂灵药是仙丹。
婴儿枉结成胎象，土母施功不费难。
推倒旁门宗正教，心君得意笑容还。

㉙ 女儿国国王招亲

西梁女国繁华的皇城里人来人往，都是长裙短袄，粉面高髻，不论老少，尽是女子。她们看见唐僧师徒四人到来，真是见了稀罕物，乐呵呵地都来看新鲜。一时填街塞巷，人流拥挤，指指点点，一片笑语，将四人围得水泄不通，无法前行。行者对八戒说：“呆子，拿出嘴脸来。”八戒伸出长嘴，竖起一双蒲风耳摇两摇，发一声怪叫，把那些妇女吓得跌跌撞撞，赶快逃走，退到两旁远远地看，师徒们才得以行走前进。

来到迎阳驿前，一位女官将他们迎了进去，殷勤招待，含笑将四人一一端详，告辞而去。

驿馆女官笑嘻嘻进宫去朝见女王，禀告道：“主公，我国自古至今，从未有过男子到来，今上邦大唐皇上的御弟唐三藏，率徒弟三人，经过我国要去西天取经，这真是千载难逢的喜兆。”女王问：“那唐御弟长得如何？三个徒弟又是什么样子？”女官答：“唐御弟相貌堂堂，风姿英俊，真是天朝上国的男儿。那三个徒弟却生得稀奇古怪。”女王大喜，说：“唐王御弟下降我国，想是天赐良缘，机不可失。寡人以一国之富，愿招御弟为王，我愿为后，与他成亲，生子生孙，永传帝业。取经之事，打发三个徒弟去就是，岂不两全其美？”众女官都拜舞赞扬，人人拍手叫好。女王就命朝中太师和迎阳驿女官为媒，前去说亲。

两位女官来到馆驿与唐僧相见。太师说：“御弟爷爷，千万之喜了。”唐僧问：“出家之人，喜从何来？”太师说：“此处是西梁女国，自古以来没有男子。今御弟爷爷降临，臣奉女王旨意，特来求亲。我王愿以一国之富，招御弟爷爷为夫，南面称王，我王愿为帝后。”唐僧惊呆了，半晌不语。驿馆女官又说：“大丈夫处事，不可错过良机。如此托国之富，南面称王之尊，我女王倾国倾城之貌，想三者得其一，也当满足了。如今三者并举，世上实无，请御弟速允，我们好去回奏。”女官一再游说催促，唐僧只是装聋作哑，倒是八戒摇着耳朵过来说：“我师父决不会爱你一国之富，也不会爱你女王花容月貌，快放他去取经，还是让我老猪留下招赘①好，我倒做过两任倒插门女婿呢！”女官说：“你面貌丑陋，不中我女王之意。”八戒说：“粗柳簸箕(bò ji)细柳斗，世上谁见男儿丑？”行者斥责他：“呆子莫胡说！”转身对女

①招赘(zhuì)：招入女方家里做女婿。与“倒插门”意思相同。

官说：“依老孙之见，师父就留在这里招亲。去哪里寻这许多好处！”唐僧慌了，说：“叫我在此贪图富贵，谁去取经？”太师说：“我王早有旨意，只留御弟为亲。叫你三个徒弟倒换关文，往西天去取经。”行者说：“太师说得有理，我们情愿留下师父在此为王为夫，快替我们换好关文，打发我们西去。”太师作揖说：“多谢大师玉成①。”八戒嚷嚷：“太师，快教你王为我们安排一顿丰盛的喜筵②。”太师连连回答：“有，有。”欢天喜地去回奏女王了。

这里唐僧一把扯住行者骂道：“你这猴头，弄杀我也，怎么说出这话，叫我在此招赘，我死也不认。”行者说：“师父放心，老孙怎么不知你的性情？只是你屡屡教导，只能打妖，不可打人，老孙明白了这点，才不得不如此呀！”唐僧气恼地说：“不可行凶，此论最善，但怎可误了取经大事？”行者说：“这一国人，叫老孙动动手儿尽打杀了，实在不善。今日老孙用计，允了亲事，叫她把通关文牒③盖了御印，让我们兄弟去取经，到时你只说出城给我们送行，老孙使个定身法儿叫她们定住不动，我们扬长去了也。”唐僧这才如梦初醒，称谢不已。

这边朝中张灯结彩，大摆喜筵。女王乘龙凤车亲自到驿馆迎接唐僧。师徒们也整衣出厅迎驾。女王见唐僧眉清目秀，器宇轩昂，果然一表人才，十分欢喜，亲自搀扶唐僧上车。弄得唐僧面红耳赤，不敢抬头。八戒在旁偷看那女王，袅娜美丽，百媚千姿，一时傻愣愣地看呆了。行者推了八戒一下，说：“快走，去

①玉成：成全、促成的敬辞。②喜筵（yán）：指喜庆的宴席。筵，古人席地而坐时铺的席，也指宴饮时陈设的座位，借指酒席。③通关文牒（dié）：古代通过关戍时拿的通行证，每到一国需加盖该国印玺方可。相当于现在的出国护照。

办通关文书要紧。”沙僧挑起行李，牵着白马，三人随驾同行。

进入皇宫，只见龙宫凤阙(què)，楼阁峥嵘，玉堂金马，金碧辉煌，看不尽的豪华富丽帝王家。到了五凤楼前，笙歌齐奏，女王携唐僧下辇车。太师来奏：“请赴东阁开宴，今日良辰吉日，就与御弟爷爷成亲。明日请御弟爷爷金銮殿登基称王，改年号、即王位。”女王点头称善，欢欢喜喜携唐僧来到东阁，举行盛大的国宴。女王陪唐僧坐了左边上首的素筵，下面三席为三个徒弟；文武百官都是荤筵。刚刚入席，尚未开筵，八戒已经等不及，放开肚子大吃起来，不论米饭、蒸饼、蘑菇、木耳、笋芽、芋头，只管往嘴里倒，一边喊：“添饭，添饭!”吃得如流星赶月。酒过三巡，唐僧起身，向女王合掌行礼道：“陛下，酒饭已够了，请登宝殿，换好关文，趁早送他三人出城吧。”女王依言，散了筵席，携唐僧同上金銮殿，就要唐僧坐龙椅、持御印。唐僧推辞说：“不可，不可，太师已选黄道吉日，贫僧即位称王后方可行事。今日请女王速办通关文牒，好打发他们去。”女王就另取金交椅一张，请唐僧并排坐下。行者叫沙僧从包袱里拿出文牒捧上，女王看了文件，又询问了三个徒弟的籍贯，一一检验，书写完毕，再端端正正地盖上宝印，办好进出关的文牒，传下去让孙行者接了。女王又赐金银一盘，绫罗十匹。行者不受，就此告辞，动身西行。唐僧说要与女王一同送一程。女王巴不得早点送走三个徒弟，好让唐僧无牵无挂，与她成亲，就传旨摆驾送行。

女王携唐僧同登龙凤车，前后女官及御林女兵护送。行者、八戒、沙僧一切准备停当，一同出了皇城。唐僧下了龙车，对女王拱手道：“陛下请回，贫僧取经去也。”女王大惊，扯住唐僧

道："我以一国之富招你为夫，明日即登王位，为何变卦？"行者一把抢过唐僧，厉声高叫："女王不必远送，我等就此告别。"正要用定身法将她们定住，却不防路边闪出一个女子，抓住唐僧叫道："唐御弟，还是与我成亲去吧。"一阵怪风刮得昏天黑地，把唐僧摄去了，也把女儿国的君臣吓得逃回城中。

抢去唐僧的是毒敌山琵琶洞的女妖蝎子精。那蝎子精尾部的毒钩，几乎谁也对付不了。开始，行者、八戒都吃了亏，不过，行者是有办法对付她的。他去东天门光明宫中请来了昴日星官①，自己先去洞前把妖精引出来。这时昴日星官已经立在山上，现出本相：一只色彩斑斓的大公鸡，昂着头，有六七尺高。他对着妖精大叫一声，那妖精立即现出本相：一只琵琶大小的母

①昴(mǎo)日星官：二十八星宿之一。住在天上的光明宫，本是六七尺高的大公鸡。神职是"司晨啼晓"，其母是毗蓝婆菩萨。

蝎子。星官再叫一声，那怪全身酥软，死在坡前——蝎子最怕公鸡！星官也就告辞回去。

三人进洞救出师父，又释放了被妖怪从西梁女国掳来做苦工的几百个女子，捣毁了魔窟。也请这些女子回去寄语女王：“不是取经人言而无信，实是取经事大，普济众生，不可中止。请女王好自珍重。”这些女子千恩万谢而去。他们继教训霸占落胎泉的如意真仙之后，又为西梁女国除了一害。

圣僧拜佛到西梁，国内衡阴世少阳。
农士工商皆女辈，渔樵耕牧尽红妆。
娇娥满路呼人种，幼妇盈街接粉郎。
不是悟能施丑相，烟花围困苦难当！

㉚ 西天路猕猴乱真

离了女儿国，唐僧一行在山路上遇到一伙强盗。唐僧叫行者把那帮人吓退便罢，而行者棍重，荡去就死了两个，后来又打杀一片。唐僧怪行者不仁不善，念了紧箍咒又要赶走他。行者满心委屈，驾起筋斗云到南海找观音诉说。

一见观音，行者止不住放声大哭。观音扶起安慰说：“莫哭，莫哭，我与你救苦消灾。”行者苦苦哭诉，自己怎样舍身拼命，一路保护师父。这次只为打死几个要伤害唐僧的蟊贼①，唐僧竟反复念那紧箍咒，还要将他赶走，真是伤心委屈。观音听了说：“唐三藏西行取经，一心要行善，决不肯轻伤人命。你自有无量神通，何苦打死草寇？草寇虽是不良之辈，到底是不该死罪的人。打死妖魔鬼怪，是你的功绩；打杀不该死罪的人，还是你的不仁。吓退蟊贼，救了师父，教训他们改邪归正方是你的功德。依我公论，这次还是你的不善呢！”行者噙泪叩头说：“菩萨教导的是，弟子明白了。只是我纵有不是，也当将功折罪，不该这样赶走我。”观音说：“你在这里稍等，待我与唐僧说，教他还同你一道去取经，成就正果。”行者依言，侍立于宝莲台下。

①蟊(máo)贼：危害人民或国家的人。

这里唐僧赶走了行者，八戒去化斋，沙僧去寻水，唐僧独自苦坐。忽然一声响，看见行者回来了，只是变了脸，喝骂唐僧："你这个泼秃，快拿包袱来。"一把推倒唐僧，夺了包袱就走。等到八戒、沙僧回来，把昏晕在地的师父救转过来，方知是行者来打师父、抢包袱，大家十分恼怒。由沙僧去花果山找那猴头要回包袱，八戒则把师父送到山坳(ào)里一户人家歇息避难。

沙僧来到花果山，果然看到孙行者高坐石台之上，双手拿着一张纸在念。沙僧听得明白，念的就是包袱里的取经通关文牒，正是要紧东西，忍不住高叫道："师兄，师父的关文你拿来做什么？"那行者看了沙僧一眼，不认识，喝道："你是何人，胆敢进我仙洞？小的们，拿下。"沙僧见他变脸不认人，上前行礼说："上告师兄，若不忘昔日情谊，还望将行李包袱赐小弟带回。兄在深山，留此无用。若不怨恨师父，还望带着行李一起去见师父，再同上西天取经，小弟一定奉劝师父回转心意。”那行者冷笑两声说：“上西天取经，何必定要你那师父，我已抢来行李公文，我自己上西天取经，万代传我之名，何必传那唐僧？我已另选取经随从。”叫声：“把取经人请出来。”果然牵出一匹白马，来了一个唐僧，跟着一个八戒挑行李，一个沙僧拿着锡杖。

沙僧一见大怒，喝声：“哪个胆敢假冒我！”举起降妖杖打去，把那个沙僧打死了，原来是个猴精。那行者大怒，抡起金箍棒打来，沙僧抵挡不住，纵上云雾逃生。心想，此事只有去找观音。

来到普陀落伽山，沙僧求见观音。木吒进去通报，说：“唐僧小徒弟沙僧求见。”这里的孙行者在莲台旁听见，忙说：“定是师父有难，沙僧来请菩萨的。”观音让悟净进来。沙僧进来看见站在莲台旁的行者，举起降妖杖劈脸打来，乱骂道：“你这泼猴，竟恶人先告状，赶在我前头来瞒骗菩萨。”行者只是让过，并不还手。观音喝住：“悟净不要动手，有什么事先对我说。”沙僧收了宝杖，再拜观音，将师父怎样怪罪行者，行者怎样回来打师父、抢行李，以及自己去花果山所闻所见细细说了一遍。观音说：“悟净，不要赖人，悟空到此已四天，从未离开莲台一步，何曾去过花果山？听你说来，另有蹊跷(qī qiao)，教悟空与你同去花果山看看，自见分晓。”

行者与沙僧离了南海来到花果山，两人在洞外观看，果见又一行者坐在石台上与群猴作乐。这行者见了大怒，撇了沙和尚上前骂道：“你是何处妖魔，敢变我模样，骗我儿孙，占我仙洞？”

那石台上的行者不说话，举棒就打过来。这一打，两个行者就混在一处，沙僧看得眼花缭乱，难认真假，也不敢插手相助。这个行者说：“沙僧，你先回复师父，等老孙与此妖打上落伽山，到观音菩萨前去辨真假。”那个行者也一般说法。相貌、声音无丝毫差别。沙僧只得先回去报知师父。

两个行者边行边斗，一直嚷到落伽山，又打又骂，来到观音面前，互相揪着不放手。这个说：“菩萨慧眼，与弟子认个真假，辨明邪正。”那个也一样说。观音说：“都放开手，两边站下，等我来看。”一看果然一样，不差分毫。这边说：“我是真的，他是假的。”那边也一样说。观音心想念念紧箍咒，看谁疼谁不疼，可知真假，就暗暗念起来。谁知两个一样都滚在地上叫疼，观音只好停下不念。叫一声：“孙悟空！”两个一齐答应。观音认不出，说：“当年大闹天宫，天宫中几乎人人认识，不如到上界去

分辨。”这个说“谢恩”，那个也一样。

两个拉拉扯扯，口里嚷嚷不停，来到南天门。诸路天神都跑来看，也是分辨不出。两人嚷到玉帝面前，玉帝传旨宣托塔李天王把照妖镜拿来。李天王用照妖镜将两个行者照住，请玉帝同众神观看：镜中仍是两个孙悟空的影子，分毫不差。玉帝与众神也辨不出。

两个行者揪头抹额打出南天门，说同去找师父辨认。沙僧已先禀告唐僧，唐僧正自悔恨：“当时只知行者打我抢包袱，岂知是妖精变的假行者！”忽听半空中喧喧嚷嚷，举头看时，两个行者已打到面前。八戒高叫：“师兄莫嚷，我老猪来认。”那两个一齐叫：“兄弟，来打妖精，来打妖精！”八戒掀起两张大耳朵，睁开眼睛细看，叫声：“哥啊！”两个都应，一般无二。见八戒分不出，都到师父面前辨认。唐僧左看右看，别说模样声音、举止动作，就连金箍棒、衣服穿戴全都一模一样。唐僧看了叹息不已。行者见师父也认不出，就对八戒、沙僧说：“兄弟保护师父，等我到灵山如来前折辨①去也。”这个说了，那个也一样。

到处分辨不出真假的两个行者又拉拉扯扯，且行且斗，一直斗嚷到西天灵鹫山雷音宝刹之外。八大金刚上前挡住问：“何事到此？”两个一样说：“妖精变作我的模样，烦如来为我辨个虚实。”诸神将两人带到如来面前，听他俩张口一样声，同说一遍话。如来正欲辨认，又见彩云冉冉而来，观音已到，也正为此事拜告如来。如来对观音说：“世上之事，真与假，本亦不易认清。

①折(zhé)辨：同“折辩”。争辩、分辩。

你们既要普阅周天之事，又要遍识周天之物，广知博识，细心察理，而后万物皆明。我观此二猴，虽一模一样，却一真一假。真的是天产石猴孙悟空，假的是六耳猕猴假行者。”

那猕猴听到如来说出他的本相，知道已被识破，胆战心惊，急纵身跳起来就逃。如来见他要走，即令众神围住不让逃脱。猕猴心慌，变作个蜜蜂往上便飞。如来将金钵盂抛去，盖着那蜜蜂，笑着说：“妖精已在钵盂中。”把钵盂揭起，妖精果然现了本相：一只六耳猕猴。行者举起金箍棒将其一棍打死。如来尚有不忍，行者说：“佛祖不该怜悯他，真该绝了此种才好。他打伤我师父，抢夺我包袱，依律问他个得财伤人、白昼抢夺，也该是斩罪哩!”如来说：“善哉！善哉！识真，而后方能有善也。”

如来让观音陪同行者去见唐僧。观音与行者驾云而起，不久，来到唐僧避难处。观音说明假行者已被打死，告诉唐僧一路魔障①未消，必得行者保护才到得了灵山取经，再休责怪。唐僧叩头领教。这时八戒也已从花果山取回包袱。师徒拜别观音，继续西行。

人有二心生祸灾，天涯海角致疑猜。
欲思宝马三公位，又忆金銮一品台。
南征北讨无休歇，东挡西除未定哉。
禅门须学无心诀，静养婴儿结圣胎。

①魔障：佛教用语，恶魔所设的障碍。后泛指人生所遇到的波折或磨难。

㉛ 孙悟空三借芭蕉扇

虽是秋凉季节，只因来到火焰山附近，仍然酷热难挡。师徒们向当地一位老人打听，如何才能过这火焰山。老人说："过不去，过不去，火焰山离此尚有六十里。那里是八百里火焰，周围寸草不生，就是铜脑袋、铁身躯，在那里也要熔化成汁哩!"行者问："你们种庄稼怎么办?"老人说："难啊，我们这里人家，要备四猪四羊，鸡鹅美酒，异香时果，去拜求翠云山芭蕉洞的铁扇公主。她有一把芭蕉扇，一扇熄火，二扇生风，三扇下雨，求得她扇三扇，才能播种五谷呢。"行者说："我去向她借那宝扇，扇灭这八百里火焰，好教这里百姓依时收种得安生，我们也可过去了。"老人说："哪有这等好事？要知道，你们没有礼物，她不肯借的。她是大力牛魔王之妻，红孩儿之母，又名罗刹女，不是好对付的。"行者听了大惊，心想："冤家路窄，又撞着这家子了。"

行者驾云寻到芭蕉洞口，彬彬有礼地叫门："牛大哥，开门，开门。"洞门开了，走出个女童，行者上前施礼道："累你转报公主一声，我是取经的和尚孙悟空，难过火焰山，特来借芭蕉扇一用。"铁扇公主听女童说孙悟空来了，拿了两口青锋剑就杀出来，喊道："孙悟空在哪里?"行者躬身施礼："嫂嫂，老孙在此拜揖。”公主“咄”的一声骂道：“谁是你嫂嫂，谁要你拜揖！”行者说：“尊夫牛魔王，当初曾与老孙结为兄弟，怎能不称嫂嫂？”公主道：“你这泼猴，既有兄弟之亲，为何坑害我子红孩儿？我正没处找你报仇，你倒自己上门送命，我岂能饶你！”行者说：“嫂嫂错怪老孙了。令郎因捉了我师父要蒸要煮，才请观音菩萨收了他去。现在观音身边做个善财童子，不生不灭，与天地同寿，你不谢老孙，反而责怪我，是何道理？”公主说：“我儿虽不曾伤身，可不在身边，我几时才能见他一面？”行者说：“嫂嫂要见令郎不难，你把扇子借我扇熄了火，我就到南海观音处请他来见你。”公主无理可说，喝道：“少饶舌！把头伸过来，等我砍上几剑。若受得疼痛，就借扇子给你；若忍耐不得，教你早见阎王。”行者赔笑说：“嫂嫂说了要算数，只要肯借扇子，老孙伸着光头任你砍上多少都可以。”公主双手抡剑，向行者头上乒乒乓乓砍了十数下，行者全不在意。公主害怕，回头要走。行者说：“嫂嫂哪里去？请借扇子给我。”铁扇公主抵赖道：“我的宝贝不借你。”取出宝扇一扇，把行者扇得无影无踪。

山燄火阻路僧唐

这股风把行者刮得飘飘荡荡，左坠不能落地，右坠不得存身，飘了一夜，直至天明，才落在一座山上。他抱住山石定定神，认得是灵吉菩萨的小须弥山，叹一声："好厉害的妇人！"心想何不就去找灵吉，也许能有个办法，便急去禅院与灵吉相见了。灵吉说："这阵风把你从火焰山刮到这里，刮了五万余里呢！大圣放心，我有定风丹一粒，送给大圣，叫她扇不动你，助你成功。"就从衣袖里取出定风丹，藏在行者衣领里。

行者辞了灵吉，一个筋斗，又来到芭蕉洞叫门借扇。公主吓了一跳，想不到他回来得这么快，出来与行者战了几个回合，又取出扇子向行者用力扇了几扇，心想这次要扇得他寻不着归路。谁知行者动也不动，笑哈哈地说："这次不同了，任你怎么扇，老孙若动一动，不算好汉。"公主又扇了几扇，果然不动，慌忙转回洞中，将门紧紧关上。

行者变了一个蟭蟟虫儿，从门缝里钻进去。只见公主叫道："渴死我了，快拿茶来。"小妖拿茶壶斟了一碗茶，碗边有冲起的茶沫，行者"嘤"的一声飞进茶沫下面。公主口渴，接过茶大口大口地喝了下去。行者已到她肚子里了，厉声高叫道："嫂嫂，借扇子给我使使。"公主大惊，问小妖："那孙悟空在哪里？"行者回答："在嫂嫂肚子里玩耍呢！"说完把脚往下一蹬，公主疼痛难禁，坐在地上叫苦。行者又往上一顶，公主痛得在地上打滚，连叫："孙叔叔饶命！"行者说："看牛大哥面上，饶你性命，快将扇子借我！"公主叫："有扇，有扇。"示意女童拿来一把芭蕉扇。行者到喉咙口看见了，说："嫂嫂，我不难为你，不在你身上打洞出来，你把口张三张，让我出来。"公主赶紧把口张了三下，行者早已飞出，现了原形，拿了扇子说：“多谢了！”高高兴兴回去，与师父、师弟同往火焰山。

大约走了四十里远，渐渐热气蒸人。沙僧叫：“脚底烙得慌！”八戒说：“爪子烫得痛！”行者叫大家先停下，等他扇熄了火再走。他来到火边，举扇一扇，谁知火光烘烘腾起；又一扇，火增百倍；再一扇，火有千丈之高，差点烧着身体。急回头叫：“快跑快跑，火来了！”他们向东疾跑了十余里，才避开那烈火。

大家正在烦恼，火焰山土地求见，看了扇子，说此扇是假的，越扇越旺，被她哄了。还告诉他们，要借真扇，只有去找牛魔王，他是西天路上一霸，人称“大力王”，现住积雷山摩云洞。那里原有个万岁狐王，有百万家私。老狐王死了，女儿玉面公主有钱无势，访着牛魔王神通广大，倒陪家私，招赘为夫，所以牛魔王撇了铁扇公主，住在她这里。

行者马上去积雷山摩云洞。在洞口见一女子妖妖娆娆走来。行者躬身施礼说：“女菩萨可是摩云洞的？”那女子抬头看见行者，吓了一跳，喝道：“你是何人，敢来问我？”行者想说得与牛魔王亲近些，假托道：“我是翠云山芭蕉洞铁扇公主叫来请牛魔王的。”那女子听了大怒，骂道：“这贱婢，牛王到我家不到两年，不知送了她多少东西，又来请牛王，不知羞。”冲着行者又骂：“不知羞！”行者知她就是玉面公主，掣出铁棒大喝一声：“你拿家私买住牛王，你才不知羞。”那女子吓得魂飞魄散，急忙逃回洞里，把洞门紧紧关上，跑到书房里，对牛魔王哭诉在门外被毛脸雷公欺侮了。牛王拿起铁棍冲出门高叫：“谁在这里无礼？”这一对分别了五百年的朋友，如今又相见了。

行者看牛王，模样果然与五百年前大不相同：头戴银光盔，身穿黄金甲，脚踏麂①皮靴，腰系狮蛮带，富贵豪华，威风凛凛，真是阔多了。他已是个大富豪：号山原是儿子红孩儿管的一份家产；翠云山大妻铁扇公主管了一份家产，还有宝扇一把；这里积雷山又是百万家财。他家大业大，有妻有妾，有钱有势，真是西方一霸。行者整衣上前，深深唱个大喏：“长兄，风采果然不一般，真可贺也。还认识小弟么？”

牛王看行者，也与五百年前大不同，当年的美猴王，虽是野仙，亦称王一方。如今呢？半截虎皮裙、一件旧褊(biǎn)衫，真是个穷小子，听说随唐僧取什么经，当了和尚，连个家也未成，真是一无所有。不过见他那奕奕神采，似是有胜当年。牛王大声喝道：“我正在恼你，为何把我小儿牛圣婴害了？”行者说：“你那大公子在号山残害生灵，把我师父捉去，要吃他的肉。幸得观音菩萨劝他归正，享逍遥之长寿，兄长为何反要怪我？”牛王又责问：“害子之情，暂且不论。那我兄弟如意真仙为何又被你欺？”行者笑道：“兄长不知，如意真仙霸占女儿国落胎泉敲诈勒索，我看兄长面上才饶他性命的。”牛王语塞，仍嘟嘟囔囔：“你刚才欺我爱妾打上门来，该当何罪？”行者赔笑道：“刚才不知道那就是嫂嫂，小弟一时鲁莽，骂了她两句，惊了嫂嫂，望长兄宽恕。”牛王说：“既如此说，我看故旧之情，饶你去吧。”行者并不走，上前说道：“既蒙宽恩，感激不尽。但有一事相求，万望周济周济。”牛王骂道：“饶了你，还不快走，什么周济不周济？”

①麂(jǐ)：哺乳动物，是小型的鹿，通称麂子。

行者说："小弟此来，只因西行路阻火焰山，欲求芭蕉扇一用。无奈嫂嫂执意不借，特来求兄长给予方便，用毕即还不误。"牛王一听心头火发，骂道："你原来是要借扇，一定先去翠云山欺我妻子，想是我妻不肯借，故来寻我，又欺我妾，实在无礼，吃我一棍！"两人斗了起来，斗来斗去不分胜负。忽听山上有人叫："牛爷爷，我大王多多拜上，请快赴宴入席了。"牛王无心恋战，叫道："猢狲，我要赴宴。"即罢战而去。

行者悄悄地跟着牛王，看他跨上辟水金睛兽，换了华贵的礼服，来到乱石山上的碧波潭，进潭下水去了。行者变只螃蟹下水赶上，来到潭底龙宫，见牛王坐在上座，老龙、蛟精等相陪，在那里敬酒干杯好不热闹！行者趁机在门外偷了金睛兽，变作牛魔王模样，直奔芭蕉洞。

芭蕉洞里可热闹了，上上下下都为"牛魔王"的归来欣喜忙碌。铁扇公主连忙出门把假牛王迎进里面。摆酒欢聚之间，行者故意说起"那孙悟空借扇"之事，公主笑道："大王放心，上次借给他的是假的，真的在此。"笑嘻嘻地从口中吐出宝扇。那扇只有一张杏叶儿大小，她递给行者道："宝贝不是在这儿？"行者把扇接在手里，只怕又是假的，问道："这么小，怎能扇灭八百里火焰？"公主因酒喝多了，没有提防(dī fang)，就说："大王，你离家两年，想是被那玉面狐狸弄伤了神思，怎么连自家的宝贝也忘了？只要左手大拇指捻着柄上第七缕红丝，念一声'嘘呵吸嘻吹呼'，宝扇就能长到一丈二尺长短。哪怕他八万里火焰，一扇也能消灭。"行者记在心上，将扇子也噙(qín)在口里，把脸一抹，现了本相，叫道："你看我是谁？"铁扇公主慌得跌倒在地，大叫："气煞我也！"

牛魔王与众妖散了筵席出来，不见了金睛兽，查来问去，猛然省悟："那猴子千般伶俐，万样机灵，一定来此偷了我兽去我妻处骗那芭蕉扇了。"立刻腾云驾雾赶到芭蕉洞。

芭蕉洞里大呼小叫一片乱，公主正捶胸顿足在哭，金睛兽还拴在那里。牛王高叫："夫人，孙悟空呢？"公主扯住牛王骂道："你这样不谨慎，让那猢狲偷了金睛兽变你的模样来骗了宝贝去了。"牛王劝道："夫人保重，我去赶上猢狲夺了宝贝，剥了他的皮，锉了他的骨！"大叫："拿兵器来！"众小妖道："爷爷的兵器不在这里。"牛王喝了声："拿你奶奶的兵器来罢！"就这样，气急败坏的牛王拿了女人的兵器——细细的双锋剑，杀出去了。

孙悟空呢，正得意洋洋地在路上走着。他忍不住将扇子吐出来看看，又按公主讲的办法演习一遍看灵不灵。他捻着第七缕红丝念了口诀，果然不错，小小扇子一下变成一丈二尺长短，祥光晃晃，瑞气纷纷，与上次的假扇子决然不同。可惜没问变小的口诀，只好扛着这把大芭蕉扇走，却也满心欢喜。这时牛魔王已从背后赶上了他，心想当面索取，他一定不给，说不定扇你一扇，要去十万八千里。他此去一定是找唐僧他们，不如变个猪八戒来哄他。牛王从岔道上前，摇身一变，变得与八戒一模一样，迎面走来，叫道："师兄，师父见你许久不回，叫我来迎你的。"行者真是得意忘形，只顾叙述骗宝贝的喜悦，哪里顾得上辨个真假。牛王听完，故意赞扬师兄好手段，还说："哥哥劳累太甚，扇子我来拿吧。"行者把扇子递了过去，牛王念个诀儿又小如杏叶，噙在口中现了本相，骂了句："泼猢狲，认得我么？"行者见了，跌足悔恨，暴跳如雷，举棒就打。

牛王与行者咬牙切齿，互不相让。一时惊动山神、土地、天兵天将，都来帮助行者。火焰山土地挡住道："大力王且住手，唐三藏西天取经，无神不保，无天不佑，快将芭蕉扇借来熄灭火焰，助他过山去。"牛王道："宝扇是我家之物，借不借由我。"土地说："大力王此言差矣！借扇，可助取经行善，灭八百里火焰，让百姓安生，为善举。若不借扇，不行此善，实在可恶，望大力王三思。"那牛王哪里听得进，玉面狐又发起摩云洞大小头目众妖兵黑压压一片齐来助战，杀得天昏地暗。这里八戒也跑来助战，听行者说牛王变了他的模样，误了大事，心头大怒，发起性来，杀退摩云洞群妖，用铁耙把个摩云洞筑得粉碎。这边牛王与行者赌变化：变虎、变豹、变狻猊①、变人熊、变獭（tǎ）象……牛王最后现了原身——一只大白牛，头如峻岭，两眼闪光，角似铁塔，连头带尾有千丈长短，自蹄至背有八百丈高大，排山撼岭地冲来。行者把腰一躬，喝声"长"，变得身高万丈，头如泰山，眼如日月，抡棒厮杀。这一战，直打得神惊鬼怕，惊动天宫。哪吒三太子从天上下来，飞身跨上牛背，把火轮套上牛角，烈火烧得老牛要变化脱身。李天王在天上手执照妖镜照定了，牛王变化不得，无处逃生，只叫："莫伤我命，情愿归顺。"哪吒用缚妖索牵了大白牛，铁扇公主这才双手捧出那把芭蕉扇，磕头道："饶我夫妻之命，愿将此扇奉承孙叔叔成功去。"行者双手接了宝扇。

---

①狻猊（suān ní）：传说中的一种猛兽。

行者拿着扇子，走向山前，尽力一扇，那八百里火焰渐渐平息，寂寂无光；又一扇，潇潇习习，凉风微动；再一扇，天云漠漠，细雨霏霏。行者道：“我曾听这里百姓说，求得此扇只熄一次火，收得一年粮食，其后火又要发。要断绝火根，方能拯救此方生民，如何才能治理除根？”铁扇公主道：

“连扇四十九扇，火就永不再发了。”行者执扇向山间用力连扇四十九扇，只见山上大雨滂沱，不久地气清凉，火害永灭。山坳里泉水淙(cóng)淙，一毛不生地从此变为瓜甜果熟乡。

行者将扇子还给铁扇公主。公主拜别众人说：“从此自新，修身去了。”牛王既已归顺，自然也去修行。

火焰山遥八百程，火光大地有声名。
火煎五漏丹难熟，火燎三关道不清。
时借芭蕉施雨露，幸蒙天将助神功。
牵牛归佛休颠劣，水火相联性自平。

㉜ 乱石山大战九头怪

过了火焰山，来到祭赛国。这个国家有个著名寺院叫金光寺，寺内有座黄金宝塔，塔上供奉着一粒宝贝——“舍利子”。宝塔白天祥云笼罩，夜晚霞光万道。周围国家都来朝拜。可是三年前的一个秋夜，突然下了一场血雨，塔身被污，舍利子失踪，祥云瑞气全消。周围的国家也不再来朝拜。国王和朝官都认为是金光寺的和尚偷了舍利子，他们不分青红皂白，把寺内的僧人当贼拿下。老和尚们都被严刑拷打而死，壮年的和尚又被陆续折磨死去，剩下的是些最年轻的和尚，戴着枷锁镣铐在受苦受难。

唐僧师徒一到祭赛国，就被那些披枷戴锁、衣衫褴褛①的苦和尚请到庙里，因为他们早就听说取经人救苦救难，都来向他们哭诉求救。师徒们觉得众僧之事暗昧难明，但到底是由宝塔被污、舍利子失踪所引起，所以决定打扫宝塔，探个究竟。

这天夜里星光灿烂，大地一片寂静，唐僧沐浴更衣，与行者各拿一把扫帚，开了塔门进去。一看，到处是蜘蛛网、老鼠粪，很久没人进来了。他们一层一层打扫上去，扫到第十层，唐僧腰酸腿痛，累极了，坐下说：“你替我把最后三层扫完。我就在这

①褴褛(lán lǚ)：形容衣服破烂。

里等了。”行者抖擞精神继续扫了第十一层，登上第十二层时，忽然听到上面有人说话，心想这塔许久无人进来，又是夜半三更，这上面讲话的肯定是妖不是人。

好猴王，钻出塔外，踏着云头观看，只见第十三层坐着两个妖精，面前放着酒菜，正在吃喝。行者丢了扫帚，掣出金箍棒拦住塔门喝道：“泼怪，偷塔上宝贝的原来是你们!”两怪急起身，拿着壶、碗乱掼(guàn)。行者喝声：“不许动!”横着棒逼得两怪贴在墙上动弹不得，只叫“饶命，饶命”。行者一只手提起两个妖怪，到十层来见师父。

师徒二人审问妖怪，两怪招了。原来他们是乱石山碧波潭万圣龙王派来巡塔的，一个叫奔波儿灞，是鲇(nián)鱼怪；一个叫灞波儿奔，是黑鱼精。他们说：“万圣龙王和他的女婿九头驸马，前年到这里来下了一场血雨，偷了塔中的舍利子宝贝。龙王的女儿又去天上偷了王母娘娘的九叶灵芝草来护着舍利子。近来听说

有个孙悟空往西天取经，路过这里，要提防他，所以派我们来巡逻，察看动静。”行者听了觉得好笑，对唐僧说：“那万圣龙王老孙认得，日前牛魔王赴宴，就是去他家。看来这一家是全家做贼，专干坏事，那牛魔王竟交这样的朋友！”当即记下两个妖怪的口供，将两妖捉回寺中用铁索锁住，用法镇住，不让他们变化逃脱。

第二天，唐僧与行者入朝求见国王，告诉国王说：“昨夜捉住两个小妖，国宝舍利子的下落已经知道，此事与金光寺和尚无关。”国王又惊又疑又喜，问：“妖贼何在？”唐僧说：“被小徒锁在金光寺。”国王降旨，马上派锦衣卫队护送行者往金光寺提解(jiè)妖贼。

八戒、沙僧在寺中，看皇家卫队开进来，中间八人抬的大轿里威风凛凛的不知什么大官，仔细一看，却是孙行者，都说：“好耍子呢，我们也去。”两人跟着大轿，一人揪一个妖精：一个乌甲尖嘴利牙；一个滑皮大肚，巨口长须，却都有脚走路。一时轰动满城百姓，都来看圣僧和妖贼。进入朝中，行者要二妖跪在国王面前，一一招供。国王大宴师徒，谢圣僧破案立功，又请再擒贼首，取回宝贝。同时也释放了金光寺无辜受苦的僧人。

行者让沙僧陪师父在朝中等待，自己与八戒押着两个小妖来到乱石山碧波潭，叫两个小妖回去报告万圣龙王：齐天大圣孙爷爷到此，立即送祭赛国金光寺塔上的舍利子宝贝出来，方可饶他一家性命。两个小妖拖着锁链钻入水底，直上龙王殿报告，吓得老龙王魂不附体，忙与九头驸马商量：“贤婿啊，别的还好对付，若是他，不得了，牛魔王一家都被他收了去也。”九头驸马笑道：

“岳父放心，愚婿出去与他交战，管教那厮缩首投降。”

那妖怪分开水道杀上岸来，九个脑袋九张脸，十八只眼睛，前、后、左、右四面八方都能看见；左也是口，右也是口，九张口齐吼，震得山川簌(sù)簌抖，那模样真是又凶恶又丑陋。妖怪手拿月牙铲，蹿上来就骂：“你那取经的和尚，我又没有挡你的路，我偷他的宝贝与你何干?”行者说：“你偷了宝贝，连累金光寺和尚吃冤枉苦，我怎能不为他们辨明冤情?”那怪九个头颅上十八只眼睛齐放毫光①，举起月牙铲就打过来。行者一双铁臂千钧力，你来我去在潭前摆开战场。八戒在旁看得心痒，举着钉耙从妖精背后猛力筑来，那怪背后眼睛看得明白，向旁一滚，腾空跳起现了本相：一个九头虫，浑身长着白毛，总有一丈二尺多高，九个头攒在一处蠕(rú)蠕乱动，展翅能飞，脚尖如钩。八戒心惊道：“不曾见过这等恶物!”行者跳上空中正要举棒来打，那

①毫光：如毫毛一样四射的光线。

怪已展翅掠到山前，半腰里又伸出一个头来，张开血盆大口，把八戒一口衔住，捉下了碧波潭。

行者赶快跟踪下去，碧波潭里的路他是走过的，来到前次盗牛魔王金睛兽的地方，他又变了个螃蟹进去，找到几个蟹精就打听："驸马爷爷捉来的那个长嘴和尚这会儿死了没有？"几个蟹精说："没有死，缚在西廊下呢。"行者前去悄悄地钳断了绳索，放了八戒，叫他先溜到外面。八戒说："不行，我的钉耙被他们拿去了。"行者马上用个隐身法去宫殿中偷出了八戒的钉耙。八戒得了钉耙就威风起来，要行者到水面上接应，这里由他来打。八戒举耙一路打上龙王殿，大叫："九头怪，这次是你把我请到你家来打的，快把偷去的宝贝交出来。"老龙王急忙带着龙子龙孙、虾兵蟹将一齐从后宫打来。九头怪到前宫叫："不可走了那泼猪！"八戒见他们人多势众，虚晃一耙就走。老龙率众追赶，刚出水面，行者正等着呢，一棒打下去打死了老龙。九头驸马赶忙收尸吊孝去，不出来迎战。

这时，天已黑了，忽见云头滚滚，一队人马腰挎弯刀，手执利刃而来，原来是二郎神与他梅山六兄弟打猎回去，路过此地。二郎神见行者在此，就来相见。行者请二郎神帮助捉怪，二郎神说等天明再办事，先叫众兄弟来相见。就在星月光辉下，幕天席地，摆开酒席，请行者、八戒举杯叙旧，一直饮到天明。大家让八戒下水索战，引那九头怪上来。九头怪蹿出水面，见行者人多，又现出本相，展翅绕飞。行者在上面追杀，二郎神在下面扯开弓，装上弹，往上要打。九头怪又从腰里生出头来要咬二郎神，被二郎神的细犬蹿上去，一口咬下了一个头，九头怪负痛逃走。八戒要追，行者止住说："取宝贝要紧。"他谢别了二郎神及梅山众兄弟，与八戒分开水路去往碧波潭底。

行者变成九头怪的怪相在前边走，叫八戒假装吆吆喝喝在后面追。进了龙宫，对那万圣公主说："公主，他们得胜追来了，快把宝贝给我去藏好，不要让他们抢去。"公主慌忙从后殿取出一个金匣子给行者说："这是舍利子宝贝。"又取出一个白玉匣子也递给行者，说："这是九叶灵芝，你快去藏好，我先去挡一挡。"行者抹了脸露出本相说："公主，你看我是驸马么?"这时八戒赶到，两人护着宝贝一路杀出龙宫。

行者捧着匣子，八戒一路护送，半云半雾回到了祭赛国。那金光寺的和尚都在城外迎接，见他俩到时，磕头礼拜接入城中，急到朝门上奏："孙老爷、猪老爷除贼获宝回来了。"国王大喜，连忙上殿迎接，感谢圣僧神功，又命摆宴谢恩。唐僧说："不必赐宴，先让小徒将舍利子放回塔中。"国王随唐僧并文武百官到金光寺，举行盛典。行者将舍利子安放在第十三层塔顶宝瓶中间，用九叶灵芝的仙气温养着，保千年不坏，万载生光。黄金宝塔焕然一新，霞光万道，瑞气千条，八方共瞻，都来朝拜。

那金光寺的僧人呢，早已平反昭雪，与他们的黄金塔一样，重见光明。唐僧师徒这才告别而去。

木母遭逢水怪擒，心猿不舍苦相寻。
暗施巧计偷开锁，大显神威怒恨深。
驸马忙携公主躲，龙王战栗绝声音。
水宫绛阙门窗损，龙子龙孙尽没魂。

㉝ 弥勒佛瓜田缚妖魔

过了八百里荆棘岭，又是冬去春来，师徒们寻芳踏翠，登上一座高山。忽见岭下祥光彩雾中，有重重楼台殿阁，还隐隐传来悠扬的钟磬声。唐僧问行者："那是什么地方?"行者手搭凉篷看了一会说："师父，那是个大寺庙，不过祥云瑞气之中又有凶气；景物很像西天雷音寺，但是又与如来佛祖雷音寺的地点不符。"唐僧说："既有雷音寺的景物，说不定已经到西天了?"行者说："西天雷音寺我去过多次，不在这里。"不过大家决定还是去看看再说。

唐僧策马加鞭，来到寺门前，看见门上有"雷音寺"三个字，就慌忙滚下马来拜伏在地，口里还责备行者："泼猴哄我，这不是到雷音寺了?"行者赔笑说："师父只念了三个字，山门上有四个字呢!"唐僧站起来看，原来是"小雷音寺"。行者叫："不可进去，此地凶多吉少。"可是山门里却有人喝道："唐三藏，你自东土来拜见我佛，怎么如此怠慢?"唐僧听了又慌忙下拜，八戒、沙僧也跪倒磕头，只有行者牵马在后观看。

进入二门，就见如来大殿果然雄伟，两边排列着五百罗汉、三千揭谛、四金刚、八菩萨，真是菩萨如林，密密麻麻。慌得唐僧、八戒、沙僧一步一拜，直拜到宝莲台前。又听得莲台上那个如来厉声高叫："孙悟空为何不拜？"唐僧正要怪行者，行者已掣棒在手，喝道："你这伙泼魔，十分胆大，竟敢假冒如来，伪设西天，该当何罪！"双手抡棒上前便打。只听半空里"叮当"一声，撇下两片滚圆的金铙①，把行者连头带脚合在金铙之内。唐僧、八戒、沙僧早被一一捆绑。拿住师徒四人，妖怪也收了化象还原妖身。那宝莲台上端坐假冒如来佛神的是妖王黄眉怪，两边众佛都是小妖所变。他们说等三昼夜后金铙内的孙行者化为脓血，再将唐僧三人蒸了慢慢吃。

行者合在金铙里，黑洞洞的，满身流汗，左拱右撞，怎么也出不去；拿金箍棒乱打乱戳，金铙也分毫不动。急得他把身子变长，长到千百丈，那金铙也随着长到千百丈，全无一丝缝隙。他又把身子变小，小如芥菜籽，那铙也随着变小，更无半点小孔。他用金箍棒横撑着金铙，拔下毫毛变作钢钻，用力钻上千百下，金铙上连痕迹也不见。行者急了，念了口诀，叫来护法诸神，在铙外用劲，里外合力想打开这合拢的两片铙，也是毫无作用。护法诸神只好上天报告玉帝，玉帝派了二十八宿星神来帮助解除厄难。

二十八宿星神赶到时，已是深夜，众妖魔都放心睡觉去了。星神们使枪的、使剑的、使斧的、使刀的、扛的、抬的、掀的、撬的，弄了多时，还是打不开那金铙。行者在里面东张张、西望望，爬过来、滚过去，没有一点希望。倒是二十八宿中的亢金龙②想了个办法，他说："大圣莫心焦，这两片铙还是有一合缝

---

①铙(náo)：铜质圆形的打击乐器。②亢金龙：中国神话中的二十八星宿之一，东方第二宿。亢宿本身是蜥蜴，有大角相护。

处，我用角尖从缝里插进来，你变化了，顺我的角出来。”行者依言在里面乱摸，亢金龙把身体变小，角变成一根细针，顺着合缝处硬挤进去，用尽千斤之力才将角尖穿进里面。亢金龙又将身体与角变大，角就有碗那样粗细，那铙也噙着角，旁边没有一丝缝儿。行者摸到角尖，叫道：“旁边没有一点松动处，只有你忍点痛，带我出去。”就用金箍棒在角尖上钻了个小孔，自己变成芥菜籽，在钻出的小孔里蹲着叫：“扯出角去，扯出角去！”这星神也不知用了多少力才把角拔出，已是筋疲力尽。

行者从那钻孔里出来，现了本相，拿起金箍棒对准这可恨的金铙狠狠一棒打去，只听“当”的一声，如铜山崩倒，把个金铙打成片片碎块。这一声惊动了妖王，急忙点聚群妖赶来。一边是行者和二十八宿星神摩拳擦掌，一边是黄眉怪率领众妖摇旗呐喊。这一仗打得天昏地暗。那妖王渐渐手软难敌，但毫不畏惧，一只手使狼牙棒架住，一只手去腰间解下一个旧白布口袋，往上一抛，“呼”的一声，把孙大圣、二十八宿星神一袋子全都装了去，将布袋挎在肩上，得胜而归。黄眉怪叫小妖拿出几十条麻绳，从布袋里拿出一个，捆一个，捆好后抬去后边扔在地上，自去排筵畅饮。

行者与众星神被绑在那里，听见有人在哭：“悟空啊，我真后悔又不听你的话，可怜你金铙里把命丧，我这次遭灾又有谁来救?”行者知道是师父在哭，忍不住一阵心酸。心想何不趁此夜静妖眠，放大家逃出去。他使个遁身法，将身子缩小，从绳子里脱出来。找到唐僧，叫声：“师父，我来了。”唐僧甚喜，悄声道：“徒弟救我。”行者解下师父、八戒、沙僧并众星神，悄悄走出门外，奔下山坡逃命。

走了一阵，发现忙中有错，行李包袱没有拿出来，里边有进出各国的公文证件。行者只好叫大家先行，自己又回去，变成一只蝙蝠(biān fú)，溜进一重重楼阁。在第三重楼窗下他找到了行李包袱，心中一喜，现了本相去拿行李，不小心“噗”的一声，包袱掉在楼板上。妖王正睡在楼下，被这声音惊醒了，跳起来叫醒众妖忙着前后查看。这里报：“唐僧跑了!”那里报：“众星走了!”妖洞里乱成一片。行者顾不得包袱，趁乱一个筋斗就走。那妖王率领四五千妖精赶来，行者与众星神迎战。从黑夜杀到天明，妖王渐渐不敌，又用手去解那只布袋。行者眼快，叫声：“不好，快走!”他一个筋斗上了九霄云空。唐僧、八戒、沙僧、众星神又全被布袋装了去。

行者降落到山顶上，恼恨至极。他想来想去，想出一个人来：武当山的荡魔天尊，那可是个专门讨伐魔精的真神。他纵一朵祥云，来到武当山见了天尊。天尊派五大神龙和龟、蛇二将随行，来到小雷音。五龙二将相貌峥嵘①，精神抖擞，翻云覆雨，播土扬沙，与妖王杀得惊风雨、泣鬼神。战到紧要关头，那妖王又从腰间解下布袋。行者大叫："列位仔细！"五龙和龟、蛇诸神不知发生了什么事，还未明白，又被那妖王装进了袋里，只有行者跳到九霄云中逃脱。

孤零零的行者正在山头上伤心流泪，自言自语地悲叹："师父啊，西天之路，如何有这许多厄难苦楚，真恼人啊！"猛听得有人叫："大圣，你是人间喜仙，何闷之有？"抬头看时，一朵彩云坠在面前，原来是笑菩萨大肚弥勒佛来了。行者躬身行礼，拜问来意。弥勒说："我此来，专为助你捉这小雷音寺的妖怪。"行者高兴地说："多谢多谢。不知那妖是何方怪物，那布袋又是什么宝贝？"弥勒说："他是我面前司磬②的黄眉童子，逃到这里假冒如来为非作歹，那布袋是我的宝贝，使的狼牙棒是敲磬的槌(chuí)子。"行者大叫："你这个笑和尚，家法不严，教他诳(kuáng)称佛祖，陷害老孙。"弥勒笑道："是我不谨慎，我今特来与你收他去。"行者说："这妖精的布袋厉害，你没有了布袋如何对付他呢？"弥勒笑着告诉行者一个"瓜田缚魔"之计，要他按计行事。先在他的左手掌心写了个"禁"字，让他捏着拳头去

①峥嵘(zhēng róng)：形容才气、品格等超越寻常；不平凡。 ②磬（qìng）：佛教的打击乐器，形状像钵，用铜制成。

把那怪引来。

行者一手执棒，一手捏拳，到山门外高叫："妖魔，你孙爷爷又来了，快出来见个高低。"小妖去报，妖王问："这次他又请了什么救兵?"小妖道："只他一个。"妖王笑道："那猴儿计穷力竭，无处求人，来送死了。"拿了布袋带着狼牙棒走出门外。行者与他打了一阵，就把拳头对他一放，妖王中了"禁"字的法术，不思退步，不放布袋，只顾赶来，一直追到西山下，那里是一大片瓜田。行者按弥勒之计，跑进瓜田地上打了个滚，变成一只熟透的大甜瓜，叫人看了都垂涎欲滴。那妖王追到瓜田边不见了行者，看见那么多好瓜就想吃，叫道："瓜是谁种的?"弥勒变了个种瓜老人，走来答道："大王，瓜是小人种的。"妖王问："可有熟瓜么?采最好的给我吃。"弥勒把行者变的那个"瓜"双手递给妖王。妖王接到手刚要啃，那"瓜"已自动滚进

他口中，穿过咽喉，来到肚里，抓肠捣胃，翻筋斗，竖蜻蜓①，玩了个痛快。那妖王痛得在地上打滚，直叫：“救我一救！救我一救！”弥勒现了本相，嘻嘻笑道：“孽畜，认得我么？”妖王双手捧着肚子，跪倒磕头，只求饶命。弥勒上前一把揪住，解下了布袋，夺了那敲磬槌儿，叫：“孙悟空，看我面上，饶他一命。”行者对他十分恼恨，又左一拳右一脚打了个够。妖精疼痛万分，奄奄一息，倒在地上。弥勒又说：“悟空，教训得也够了，你饶了他吧。”行者才叫他张大口，跳了出来，现了本相，还想举棒打时，弥勒已将他收进布袋，骂道：“孽畜，偷去的金铙呢？”那怪在布袋里讷(nè)讷地说：“金铙被孙悟空打破了。”弥勒问：“碎片在哪里？”那怪说：“碎金铙堆在殿中莲台上。”弥勒到殿中收了金碴(chá)，吹口仙气，又还原成一副金铙，告辞行者而去。

群妖知妖王被擒，早已逃散。行者救出师父、师弟，又救出众神，一一道谢送别。师徒们在寺中宽住了半日，第二天早晨出发，临行放了一把火，将假冒的佛殿庙寺烧为灰烬，根除后患。

大耳横颐方面相，肩查腹满身躯胖。
一腔春意喜盈盈，两眼秋波光荡荡。
敞袖飘然福气多，芒鞋洒落精神壮。
极乐场中第一尊，南无弥勒笑和尚。

①竖蜻蜓：指倒立。

㉞ 孙悟空计盗紫金铃

唐僧师徒一行风尘仆仆来到了朱紫国。他们刚在会同馆住下，就听说国王久病不起，正出皇榜招天下名医治病。行者揭了皇榜上朝为国王治病，这可把唐僧急坏了。因为他知道悟空从来不曾学医，怎能为国王治病？行者却胸有成竹。他见国王妖气缠身，知道不是平常毛病，就取大黄一两、巴豆一两，抓锅灰一把，用白龙马尿搅拌均匀，捏成三个药丸，取名“乌金丹”，让国王服下。服药不久，国王肚中一股热气翻腾，“哇”地吐出一大堆积年秽物，顿觉神清气爽，病除大半。第二天，国王精神抖擞，脚力强健，居然能上朝理事了，朝廷上下都为之欢呼。

朱紫国庆贺国王病体康复的宴会盛大而热烈。酒过三巡，行者问国王：“昨天老孙看了陛下之病，知是忧惊而起。虽然下药尚能对症，但不知忧惊起于何事？”这一问，问出了国王的伤心事。原来三年前的五月初五端阳节，国王和皇后金圣宫娘娘携后宫嫔妃在御花园海榴亭中看龙舟。忽然一阵怪风，半空里出现一个妖精，自称是麒麟山獬豸①洞的赛太岁，要带金圣宫娘娘去做他的压寨夫人，如有半点不依，不但要吃掉国王，还要将满城黎

①獬豸（xiè zhì）：古代传说中的异兽，能辨曲直，见人争斗就用角去顶坏人。

民百姓吃尽。国王无可奈何，忍痛将金圣宫娘娘推出海榴亭，被妖怪抓去了。从此国王日夜思念金圣宫娘娘，就得了此病。如今身体虽已复原，但心病未除。国王又告诉说："那怪还常来要宫女，去年三月要去两个，七月又来要两个，今年二月又要去两个，说不定什么时候又来要人，这祸害不知何时才了!"正说着，怪风呼呼，播土扬尘，慌得国王和众官战战兢兢说："那妖精又来要人了。"

行者拉着八戒到半空中，只见来了一个赤脚蓬头鬼。行者迎面喝道："你是哪方妖邪，往何处猖獗[①]?"那怪厉声高叫："我是麒麟山獬豸洞赛太岁爷爷的先锋，奉大王令来此取宫女二名。你是何人，敢来问我!"行者道："我乃齐天大圣孙悟空，知你这伙妖魔在此害人，正没处寻你，却自来找死。"那妖不识高低，手持长枪就刺。行者一棒把枪打成两段，小妖慌忙逃命。行者、八戒回来，继续开宴。国王满斟(zhēn)一杯，前来给行者敬酒。又听得朝门外有官来报："西门起火了。"行者将国王敬上的一满杯酒向空中一洒，只见纷纷扬扬一片水滴，晶莹闪亮，如一条星星路，向西门方向飞去。不久又有官来报："好雨呀，西门大火被一场大雨浇灭了！满街淌水，尽是酒香。"行者正是用那杯酒灭了西门之火。为救金圣宫皇后，行者告辞国王去找赛太岁，临行向国王要个取信于金圣宫娘娘的信物。国王拿出一个黄金宝串，是金圣宫皇后过去最喜欢的东西。行者带了信物，腾云驾雾直奔麒麟山。

---

①猖獗(chāng jué)：放肆。

麒麟山怪石嶙峋，行者按下云头，见山坳里飞出红焰，红焰中又有一股恶烟，接着又迸出一道沙来，遮天蔽日，还直往鼻子里钻，竟要钻进五脏似的。行者大惊，赶快打了两个喷嚏，把沙子打出去，摸了两个鹅卵石塞住鼻孔，变个攒火的鹞鹰直蹿云霄。一会儿火、烟、沙皆熄灭，行者才现了本相下来。

没走多远，听见铜锣声响，来了个小妖，扛着黄旗，背着文书，敲着锣儿，疾走如飞。行者变成一个道童问道："长官，哪里去？送的是什么公文？"那妖听见叫他"长官"，有点高兴，就原原本本地讲起来："赛太岁大王差我到朱紫国下战书。前年大王抢来金圣宫皇后做夫人，有个神仙送来件五彩仙衣贺喜，谁知金圣宫穿了那仙衣后，浑身长了看不见的针刺，大王碰都不敢碰她一下，所以经常再去讨宫女来服侍。谁知这次差去要宫女的先锋官被一个叫孙悟空的打败了，大王恼怒，叫我去下战书，明日与那孙悟空交战。"行者用金箍棒轻轻一挨，小妖就死了。收了棒行者又后悔起来："可惜没有问名字。"取出他的黄旗、铜锣、战书时，发现腰间有块镶金的牙牌，上面写着："心腹小校，有来有去，五短身材，疙瘩(gē da)脸，无须。悬牌是真，无牌是假。"行者笑道："原来他名叫有来有去。这一棍子，打得'有去无来'也。"将牙牌拿下，自己系在腰间，变个有来有去，敲着锣，扛着旗，算是下好战书回来了。

进入二门，见剥皮亭里坐着个眼如铜铃、须如插箭的恶魔，知道就是赛太岁。行者傲慢，不肯行礼，走去背着脸只管敲锣。那恶魔问道："你回来了？"行者不答。又问："你怎么到了家还敲锣，为什么不答话？"行者说："我去送战书，被他们拿住打了三十大棍，差一点被斩了。他们说就要来与你交战呢!”那魔道：“原来你吃了亏了。就让他们来吧，那些凡人凡马，我一把火就叫他们全完。你去对金圣娘娘说：大王不去打朱紫国了，先让她宽心。她听说我叫你去下战书，正在哭呢。”行者十分欢喜，有了个去见金圣宫皇后的机会。

转过角门，穿过厅堂，见一座五彩门，估计是娘娘住处。走进里面，妖狐、妖鹿一个个装成美女侍立左右，正中坐着金圣宫。行者上前禀告：“今日我下战书到朱紫国，面见君王，有一句要紧话特来禀告。”娘娘喝退左右，行者掩上宫门，把脸一抹现了本相，对娘娘说：“你不要怕，我是大唐取经圣僧唐三藏的大徒弟孙行者，奉国王之请，来此除妖，救你回国。”娘娘沉吟不语，似乎不太相信。行者取出黄金宝串奉上，娘娘见了泪如雨下，离座拜倒在地，说：“长老，你果能救我回国，永世不忘大恩。”

行者问她：“刚才我在山坳里看见，那放火、放烟、放沙的是什么宝贝?”娘娘说：“那是三个紫金铃，将第一个铃晃一晃，有三百丈火光烧人；第二个铃晃一晃，有三百丈恶烟熏人；第三个铃晃一晃，有三百丈黄沙迷人，黄沙钻入鼻孔就伤人性命。”行者叹道：“厉害，厉害！不知他的铃儿放在何处?”娘娘说：“他哪里肯放下，坐卧不离身。”行者想了个妙计，对娘娘说了，娘娘会意，两人依计行事。

娘娘叫：“有来有去，快请大王来。”行者应了一声就来到剥皮亭，对赛太岁说：“大王，金圣宫娘娘有请。”那魔欢喜，说：“娘娘平时只是骂我，怎么今天有请?”行者说：“我对娘娘说朱紫国国王已另立皇后，不要她了，娘娘因此不再想回朝，方才命我来请大王呢。”赛太岁大喜，说：“你真能干，灭了朱紫国，封你做个随朝太宰。”

娘娘收去悲戚，满面笑容来迎接赛太岁，假意殷勤，摆出果菜，斟酒欢饮，哄得那妖魔糊里糊涂，为求娘娘欢喜，竟把三个紫金铃交给娘娘玩赏。行者见紫金铃已到娘娘之手，急不可耐，悄悄走到娘娘旁边，将金铃轻轻拿过，溜出宫门。到无人处，忍不住打开包着的豹皮一看，中间一个有茶杯大，两头两个有拳头大。铃中塞着棉花，他不知厉害，把棉花扯了，只听“当”的一声，火、烟、沙全都轰轰地喷薄而出，急收不住。惊动了妖王和全洞妖魔：虎将、熊师、豹头、彪帅、獭象、苍狼、长蛇、大蟒……一拥而上。行者慌了手脚，丢下紫金铃，现出本相，乱打一阵，变个苍蝇，叮在墙上。赛太岁收了金铃，前前后后还在搜寻盗铃的孙悟空。

行者“嘤”一声飞入后宫，见金圣宫娘娘正在哭泣，哭孙行者盗铃失铃，不知存亡，以为救她回朝见驾已成泡影。行者飞到她身后，悄悄叫道：“金圣宫娘娘，我是你国王派来的孙长老，未曾伤命，只因刚才性急了，未把事情办好，你仍旧哄那妖精，我自有办法。”娘娘眼泪汪汪地问：“你是人是鬼？”行者说：“我不是人也不是鬼，如今变个苍蝇儿在此。”娘娘说：“你不要吓我。”行者说：“我怎么会吓你？你不相信，可展开手掌，我跳下来给你看。”那娘娘真的伸开左手掌，行者轻轻飞下，落在她手掌中心。娘娘看他，小似游蜂，双翅薄透，细脚轻盈，点点头，伸伸脚，真是个有情有致的小玲珑虫。金圣宫小心翼翼地高擎手掌，轻轻对他叫一声：“神僧。”行者在手心嘤嘤地应道：“我是神僧变的。”娘娘这才信了，悄悄问道：“如今怎么行事?”行者说：“古人说‘断送一生唯有酒’‘破除万事无过酒’，你只管叫他饮酒，将他灌得醉醉的。你先将贴身的侍婢叫一个进来，我自有办法。”

娘娘依言，叫：“春娇何在?”屏风后走出个白面狐狸来。娘娘叫春娇安排酒肴，自己去前厅请赛太岁来饮酒压惊。行者飞到春娇头上，拔个毫毛变个瞌睡虫钻进春娇鼻子里，春娇忍不住要睡觉，躲到隐蔽的地方呼呼睡倒。赛太岁还在搜寻孙悟空，见娘娘来请，不敢多留，吩咐群妖小心提防，然后随娘娘来到后院。见美酒佳肴安排得丰盛整齐，十分高兴。行者变成春娇模样，转出屏风，侍立在旁，与娘娘一唱一和，左一杯右一杯，哄得妖魔眉开眼笑，骨软筋麻。

娘娘问：“大王，宝贝不曾损伤吧?”那魔说：“宝贝完好无损，只是差点被那孙悟空混进来偷了去。我正系在腰间呢，他休

想偷得到。”假春娇听后，拔了一把毫毛，嚼得粉碎，放在妖魔身上，吹了三口仙气，变成三种恶物：虱子、虼蚤(gè zǎo)、臭虫，爬进妖魔衣服里，挨着皮肤乱咬。那魔奇痒难禁，伸手去摸，一下就摸出了几个虱子，翻开衣服，揭到第三层，贴肉系着的紫金铃上密密麻麻地排着大臭虫、小虱子，如蚂蚁出窝。假春娇说：“大王，那铃子上许多虱子，我给你捉掉。”妖魔一来觉得在娘娘面前出丑，二来痒得慌，就把三个铃儿递给假春娇。假春娇摆弄一会，趁妖魔不留意，将紫金铃藏了，用毫毛变个假金铃，递给妖魔，抖一抖，收了变虱子、臭虫和瞌睡虫的毫毛，使个隐身法，出了洞门，厉声高叫：“赛太岁，还我金圣宫娘娘来!”

赛太岁一听孙悟空在洞外叫战，气冲冲带了假金铃出来迎战。打了几个回合，他就招架不住，摸出那铃来，耀武扬威地摇第一只，无火；摇第二只，无烟；摇第三只，无沙。任他怎么摇，也摇不出一星火、一缕烟、一粒沙，摇得他又气又急又怕。

却见孙行者也摸出三个铃儿，一模一样。三个铃儿一齐摇起来，大火燎树烧山，满天浓烟滚滚，满地黄沙弥漫，把个赛太岁困在里面搅得魂飞魄散，走投无路。行者举起金箍棒正要打死他，忽听空中有人喊："大圣住手，饶他一命。"悟空一看，来的是观音。观音大喝一声："孽畜，还不改邪归正！"只见赛太岁伏在地上，变成一只金毛犼①，观音跨上它的背，又向行者要了紫金铃，套在金毛犼颈上，将它锁住，告别而去。

行者回洞打散妖精，救出金圣宫娘娘；又寻些软草，扎了一条草龙，请金圣宫娘娘骑在草龙上，作了个法，草龙腾空而起，带着皇后飞回朱紫国。行者驾朵祥云，一路护送。这时送五彩仙衣的神仙张紫阳也来收法。原来五彩仙衣是件旧棕衣，那看不见的毒针刺，就是棕毛所化。三年前张神仙路过，见皇后被妖魔掳去，特赠此衣让娘娘自卫。

国王与皇后团聚，感谢不尽。他们恳留师徒不住，只得请唐僧坐龙车，国王和皇后亲自推车，送出城外。

当年佳节庆朱明，太岁凶妖发喊声。
强夺御妻为压寨，寡人献出为苍生。
更无会话并离话，那有长亭共短亭！
表记香囊全没影，至今撇我苦伶仃！

①犼(hǒu)：古书上说的一种吃人的野兽，形状像狗。

㉟ 盘丝洞女妖捆八戒

光阴如箭，又是一春，万物复苏，草木萌生。师徒们来到一座山岭下，只见幽静处有个小山庄，小桥流水，景致宜人。唐僧看了高兴，一定要自己去化斋。行者笑着说："师父要吃斋，让我去化，哪有做弟子的坐着，让师父去化斋的道理？"八戒、沙僧也说："请师父休息，让我们去。"唐僧说这次很近，坚持要自己去。沙僧只得把钵盂给他，说了声："师父当心。"三个徒弟就在大路边等着。

唐僧走过石桥，来到一户人家门前，见窗下坐着四个女子在做针线；屋后有个木香亭子，又有三个女子在亭子边踢球。看来看去，没有一个男子，他犹豫了片刻，只得上前合掌行礼道："女菩萨，贫僧路过这里，请布施些斋饭吃。"那些女子听了，停下针线，撇了球，个个喜笑颜开，到门外来迎接，客气说："长老，失迎了，请里面坐。"唐僧随众女子进了屋，又走过木香亭，发现后面不是房屋，只见岩石嶙峋，草木丛生。一女子上前推开岩壁上的两扇石门，请唐僧进去，里边是个石洞，摆设着石桌石凳，冷气阴森。唐僧心里害怕，觉得此处凶多吉少，但一时又不好走。女子陪着坐下，问他来自何方。唐僧如实回答："我是大唐钦差去西天取经的。"众女子听了连叫："好，好，好，不可怠慢。”四个女子马上到后边涮锅做饭，一会儿捧上两盘“斋饭”——人肉做成的面筋、豆腐干，说声：“请了！”唐僧闻到那腥膻(shān)气味，吓得心惊肉跳，说道：“贫僧不吃荤腥，告辞。”站起来要走。几个女子立刻变了脸，拦住门说：“上门的买卖，怎可放掉？”她们把唐僧扯住，“噗”地掼倒在地，一齐上来用绳子捆了，高高地吊在梁上。那些女子脱下衣衫，露出肚皮，一个个从肚脐里“骨嘟嘟”地迸飞出银白色的丝绳，有鸭蛋那么粗细，霎时织成一张大网，把庄门封罩住。

八戒、沙僧在大路边放马歇担。行者呢，跳树攀枝，寻花觅果，忽然看见一片白光，慌忙跳下树，指着那边说：“不好，师父有难了，你们快看！”八戒、沙僧一起看时，那庄院不见了，变成白如雪、亮如银的一片光亮，透着一股妖气。八戒说：“糟了，师父遇着妖怪了，快去救他。”行者说：“贤弟莫嚷，等老孙去看。”沙僧关照道：“哥哥仔细。”

行者赶到前边，看清了那银白色的东西是由丝绳纵横交错织成的大网，有千百层厚，用手按了一下，有些黏软沾人。他正想举棍打下去，又觉不好：硬的好打，这软的不一定打得断，而且惊动了妖怪，用丝绳来缠住自己，反而不好。所以住了手，念个咒语把土地找来先问问。

土地老儿在他的小庙里像推磨似的团团转，土地婆婆问道：“老头子，你乱转什么？”土地说：“你哪里知道，那个齐天大圣来了，我没有迎接他，他在那里传叫我哩，我害怕。”土地婆说：“你去见他好了，在这里团团转有什么用？”土地战战兢兢地走出去，跪在路旁，叫道：“大圣，当境土地叩头。”行者说：“你起来，我问你，此地是什么地方，有什么妖怪？”土地答道：“此地叫盘丝岭，岭下有个盘丝洞，洞里有七个女妖精。”行者问：“她们有多大神通？”土地说：“小神力薄威短，不知她们底细。只知附近有个濯垢泉，本来是天上七仙女的浴池。自从妖怪到此居住以后，占了濯垢泉，连仙女们也不敢惹她们。可见精怪大有神通。”行者问：“她们占了濯垢泉干什么？”土地说：“一天三次出来洗澡玩耍。如今巳时已过，她们就要来啦。”行者说：“我知道了，你回去吧！”土地老儿磕了个头，摇摇摆摆回本庙去了。

行者摇身一变，变个麻苍蝇，停在路边草梢上等，听见呼呼的声音，如同大海生潮。一会儿，银色的丝绳网已经收去，依旧出现屋舍庄院，还像当初一样。又听见“吱呀”一声，门开了，走出七个女子，妖妖娆娆过了小桥。行者“嘤”的一声飞到走在前面的女子的发髻上停着，听她们你一言我一语，说洗了澡回去，要蒸那又白又嫩的和尚吃。行者听得明白，知道师父被她们捉去了。

女妖们嘻嘻哈哈来到濯垢泉，走进一座五彩门楼，里面野花盛开，中间果然一池热

水，有五丈多宽、十丈多长、四尺深浅。池底泉水如一串串珍珠不断往上冒，一池碧水澄澈见底。池上有三间亭子，行者跟着女妖进了亭子，看见两边是衣架，中间放着一只奇怪的板凳：八只脚！他“嘤”的一声飞下停在八脚凳上，捉摸这八脚凳像是什么妖精之物。

那些女子把衣服脱了挂在衣架上，一个个跳下水去，翻波逐浪，洗濯玩耍，忘乎所以。行者想：“我如果打她们，只要把棍子往池里一搅，叫她们成了‘滚汤泼老鼠，一窝儿都是死’。不行，不行，我老孙一生清白，打死这些光着身子的女子，坏了我的名声。不如先稳住她们，叫她们一时出不了水，我好去救出师父。”他飞上去摇身一变，变成一只老鹰，“呼”的一声蹿下来，张开利爪，把衣架上的七件衣服全都抓了去。转到大路边，现出本相，提着衣服来见八戒和沙僧，说了刚才的情况，要去解救师父。八戒说：“依我之见，先去打杀妖精，再救师父，这叫‘斩草除根’，免生后患。”说完就自告奋勇去捉拿妖怪了。

八戒抖擞精神，举着钉耙跑到濯垢泉边。只见那七个女子蹲在水里乱骂那只“老鹰”：“这个扁毛畜生，把我们的衣服都叼了去，叫我们怎么走出来！”八戒听了好笑，说：“让我也来耍一耍。”放下钉耙，脱了大袍，“噗”地跳下水池。那些女怪一齐上来打八戒。八戒水性极好，变了个鲇鱼精，满池乱游。女怪从东边来打，他早已滑到西边；从西边来捉，他早已溜到了东边，滑溜溜地乱窜，引得那些女怪筋疲力尽，气喘吁吁。八戒这才跳上岸来现了本相，穿了大袍，拿着钉耙喝道：“这伙泼怪，拿了我师父在洞里要蒸要吃，由得了你们？叫你们认识我！我是东土大唐取经的唐长老之徒弟，乃天蓬元帅猪悟能、猪八戒是也！快快放我师父出来，否则各筑一耙，叫你断根。”八戒举起钉耙乱筑，那些女怪也从池里跳上来作法：从肚脐里“骨嘟嘟”冒出丝绳，铺天盖地织了个大丝篷网，把八戒罩在里面。八戒抬头不见天日，急抽身往外走，满地又都是丝绳

绊脚。向左走，绊个倒栽葱；往右走，摔个头磕地；转个身，又栽个嘴啃泥；忙爬起，又跌个竖蜻蜓。不知跌了多少跟头，跌得身麻脚软，头晕眼花。

女妖们回到盘丝洞，念动咒语，把丝绳收回肚子里，进屋取衣穿好，到后门叫道：“孩儿们，快来！”就来了她们的七个干儿子：蜜蜂、蚂蜂、蠦（lú）蜂、班毛虫、牛蜢（měng）、抹蜡虫、蜻蜓，一齐问道：“母亲有何吩咐？”女怪道：“儿啊，我们捉了唐僧，准备吃唐僧肉，却被他的徒弟拦在濯垢池里，险些伤了性命。你们努力，快出门去退他一退，然后到黄花观你们舅舅家与我们相会。”说罢匆匆往西逃去。

八戒跌得昏头昏脑，忽见丝篷丝绳消失，他忍着痛一步步从

原路找到行者、沙僧。三人怕妖怪回洞加害师父，一起急急赶到庄前。见石桥上七个小妖挡道，都是小人儿，长的也只有二尺多，重的也只有八九斤，一个个张牙舞爪，乱打乱咬地扑过来。八戒本已十分气恼，又见这些小虫怪凶狠，举耙就筑。那些怪见八戒凶猛，一个个现了本相，飞起来叫声："变!"一变十，十变百，百变千，千变万，只见满天虫飞。蜜蜂、蚂蜂、蠦蜂扎头扎眼睛，班毛虫前后乱咬，牛蜢上下叮人，把八戒浑身上下叮了个遍。八戒慌了，大叫："哥啊，西方路上虫也欺人呢!"行者说："不要怕，看我的。"他拔了一把毫毛，嚼得粉碎，喷出去，变成许多黄鹰、麻鹰、白鹰、雕鹰、鱼鹰、鹞鹰……都来啄虫，一会儿就把飞虫消灭干净了。

三兄弟这才过了桥，进入洞中，见师父吊在那里哭呢！救下师父，三人寻找妖精，不见踪影，于是放火烧了妖洞，急忙赶路。

闺心坚似石，兰性喜如春。
娇脸红霞衬，朱唇绛脂匀。
蛾眉横月小，蝉鬓迭云新。
若到花间立，游蜂错认真。

㊱ 绣花针降服蜈蚣精

离了盘丝洞，师徒们继续西行。不多久，来到一座道观前，门上嵌着“黄花观”三个大字。八戒说：“看来是道士人家，虽然宗派不一，但都是修行之人，进去拜见一下，歇歇脚也好。”沙僧说：“进去还可以安排点斋饭给师父吃。”四人就进了观门。

走进二门，看见东廊下有个老道士在做药丸。唐僧上前施礼说：“老神仙，贫僧有礼了。”那老道起身迎接道：“老师父，失迎了，请里面坐。”老道带四人进内，分宾主坐下。这可惊动了在后堂的盘丝洞七女妖。原来道士是女妖的师兄，女妖们正是逃到这里来图报仇的。她们听说来了四个和尚，偷偷一看，果然冤家路窄又遇上了。就叫道童去请老道进来，说有重要话讲。道童到前面向老道丢个眼色，老道会意，让道童暂陪唐僧师徒，自己来到里面。七女妖告诉他：来的正是唐僧，如能吃他一块肉，就可长生不老。现在既然他自己送上门来，切不可放过。一则要求师兄为她们报盘丝洞之仇，再则拿下唐僧，同吃唐僧肉，共享不老身。老道听了心中暗喜，说：“师妹们放心，我自有办法摆布他们。”说完转过床后，爬上屋梁，小心地取下一个小皮箱，上面有铜锁锁着。他从袖子里摸出一块黄绫手帕，里面包着个小钥匙。他用钥匙开了锁，取出一包药，对七女妖说：“师妹，我这宝贝是最毒的毒药，若给凡人吃，只要一厘就死；若给神仙吃，三厘也完。这几个和尚也有点道行，我就给他们每人三厘。”就和女妖一起称了四份毒药，每份三厘。又取十二个红枣，把每个红枣掐个破口，将毒药塞进红枣里面，分别放进四个茶杯。再取两个没有毒药的黑枣，放在另外的茶杯里。一共泡上五杯茶：四杯有三个红枣的，给唐僧师徒吃；一杯有两个黑枣的，老道自己吃着相陪。安排停当后，老道就到前面陪客。一问果真是唐僧，就假献殷勤，叫道童上来，吩咐另换好茶招待，还说要留客人吃斋饭。道童进去取茶，后面女妖就把五杯茶交给道童用盘子端出去。老道赶忙双手端上有三个红枣的茶杯，一一敬唐僧、行者、八戒、沙僧，自己则留下有两个黑枣的那一杯。一则渴，再则饥，唐僧、八戒、沙僧都把茶喝了，把红枣也吃了，只有行者不动。他见老道茶杯中的枣子不一样，就心中犯疑，说：“先生，

我和你换一杯茶。”老道笑道：“不瞒长老，山野中贫道士，一共只有这十二个红枣，分四杯敬献给诸位了，我又不可空陪，只好将两个差枣儿奉陪。不好换，不好换。”行者还要换，唐僧阻止说：“悟空，这是仙长爱客之意，你吃了吧，换什么？”

说话间，只见八戒脸上变了色，沙僧满眼流泪，唐僧口吐白沫，都晕倒在地。行者知是中毒，举起茶杯往道士脸上掼过去，喝道：“妖道为何下毒？”老道用袍袖一隔，“当”的一声茶杯打碎，喝道：“你们在盘丝洞干的好事！”行者这才知道他们原来是一伙。两人一个使棒，一个使剑，打了起来。七个女妖一起出来，腆起肚子作起法来，肚脐里又“骨嘟嘟”冒出丝绳，织起丝网，把行者罩在下面。行者拔下七十根毫毛，吹口仙气叫声“变”，变成七十个小猴，又将金箍棒变成七十根双角叉儿棒。每个小猴拿一个叉儿棒，自家使一根，喝声口令，一齐动手，用叉搅住丝绳，不断用力搅绕，叉上的丝绳越绕越多，最后拖出七个斗大的蜘蛛，原来是七只蜘蛛精。行者说：“上次我饶了你们，这次可饶不得了。”一棒打死了七个蜘蛛精，赶到里边打道士。

那老道见七女妖与行者在斗，自己跑到里边想独吞唐僧肉。忽见行者赶来，只得放下唐僧，抡起宝剑迎战。两人打了五六十个回合，道士渐觉难以招架，就脱掉衣服，两手一抬，只见两肋下有一千只眼睛。这许多眼睛里迸放出金光黄雾，十分厉害。行者被金光照得头昏眼花，向前不能举步，退后不能动脚，暴躁难忍，向上一顶，撞得头痛发昏。他试着往下走走看，变个穿山甲，硬着头皮往地下一钻，钻了二十余里才探出头来，原来那金光只能罩住十余里。行者挣脱魔光，现了本相，只觉力软筋麻，浑身疼痛，想起师父、师弟，忍不住流下泪来，失声痛哭。

这时从山后来了一个妇人，对行者说："那个道士是个百眼魔君，又叫多目怪。你能脱得他的金光已是大神通，不过还是近不得他身。我教你去请一个人，那就是紫云山千花洞里的一位圣贤，叫做毗(pí)蓝婆。只有她能降伏此怪，救你师父。"妇人又用手指着南面说："此去一千里就是。快去！百眼魔君的毒药最狠，三日之内，骨髓都烂，快去救你师父要紧。"说完就不见了。行者慌忙礼拜道："不知是哪位菩萨相救，千万留名。"只听空中叫道："大圣，是我，才从龙华会上回来，见你师父有难，特来相告。"行者看时，原来是黎山老姆，急忙赶到空中相谢。

行者纵起筋斗云，急急赶到紫云山，只见处处青松翠柏，奇花异草，云封古树，幽鹿姗姗。千花洞边更是四时无落叶，八节①有花开。这里有看不尽的美景，只是静悄悄的，不见人影，连鸡犬之声也无。行者心中担忧：这位圣贤不知是否在家？他一直走进洞里，见一位老道姑坐在榻上。行者上前施礼道："您可是毗蓝菩萨？有礼了。"毗蓝婆下榻回礼道："大圣，失迎了，你从哪里来？"行者将黄花观师父遇难，特来相请之事一一告诉了。毗蓝婆说："我已三百余年不曾出门，隐姓埋名在此修行。今天大圣光临，不可耽误了求经之善行。我就和你同去降妖吧。"

两人驾云同去，行者见毗蓝婆赤手空拳，就问带什么武器去降百眼魔君。毗蓝婆说："我有一个绣花针，可破此魔。"行者有

---

①八节：即立春、春分、立夏、夏至、立秋、秋分、立冬、冬至。上文的"四时"，即春、夏、秋、冬四季。四时八节，泛指一年中的各个节气。

点不信，说："小小绣花针能降那魔？早知如此我老孙要一担也有的。"毗蓝婆说："你那绣花针，无非钢、铁、金针，没有用。我这绣花针是宝贝，是在我小儿的神眼里收聚每天早晨初升太阳的光芒，经过千年万载炼就的。可降此妖。"行者问："令郎是谁？"毗蓝婆说："小儿是昴日星官。"行者惊骇不已。

一路讲讲说说，早已看见下面一派金光，行者对毗蓝婆说："金光处便是黄花观。"毗蓝婆从衣领里取出一枚金色的绣花针，似头发般粗细，有五六分长短。毗蓝婆将针拿在手里，往空中抛去，听得一声响，破了道士的金光。行者非常高兴，叫道："妙啊！妙啊！你快寻针。"毗蓝婆手掌中已托着针，说："这针早已回来了。"行者与毗蓝婆按下云头，一起走进黄花观里。那百眼魔君一见毗蓝婆就不能举步，不能睁眼，吓得一动不动，软瘫在地。行者掣棍要打，毗蓝婆阻止说："先看你师父要紧。"

来到后面客厅，见师父师弟都昏死在地，口中吐着白沫。行者见了，伤心流泪。毗蓝婆说："大圣不要悲伤，

我已带了解药来，送你三丸。”说完从袖子里取出三个纸包，里面各包着一粒红色的药丸，让师徒三人吃了。八戒第一个醒来，说：“闷煞我也。”唐僧、沙僧相继醒来，如同噩梦一场。大家一同拜谢毗蓝婆菩萨。那道士呢，仍旧软瘫成一团，缩在那里。八戒恨极，拿了钉耙过去就要筑，又被毗蓝婆阻止说：“天蓬息怒，大圣知我洞里无人，让我收他去看守门户吧。”行者说：“承蒙大恩相救，怎敢不听从菩萨吩咐？只是教他现个本相给我们看看，到底是个什么怪物？”毗蓝婆说：“容易。”上前用手一指，那老道现了原形，原来是一条七尺长的大蜈蚣。毗蓝婆用小手指挑起蜈蚣，驾起祥云，告别而回。八戒说：“这妈妈也真厉害，这怪见了她，连动都不敢动，她怎么有那么大的威力？”行者笑道：“她是昴日星官的母亲。我们在西梁女国降蝎子精时见过昴日星官的本相：一只大公鸡。那么毗蓝婆菩萨，一定是个老母鸡了。一物克一物，鸡最能降蜈蚣，所以这母鸡神的神威当然能镇伏这百眼魔君蜈蚣精了。”大家这才明白。于是放火烧了这毒物群聚的黄花观。

头戴五花纳锦帽，身穿一领织金袍。
脚踏云尖凤头履，腰系攒丝双穗绦。
面似秋容霜后老，声如春燕社前娇。
腹中久谙三乘法，心上常修四谛饶。
悟出空空真正果，炼成了了自逍遥。
正是千花洞里佛，毗蓝菩萨姓名高。

㊲ 比丘国除妖救群孩

经狮驼国西行，宿雨餐风，又经数月，来到了比丘国。只见城中街道整齐，人物清秀，只是家家门口放着一只鹅笼，笼上还用五彩缎幔遮盖，不知为何。行者变个蜜蜂儿飞到一只鹅笼上，钻进缎幔里观看，原来里面坐着个小男孩。他再到第二家鹅笼里看，也是如此，连看了八九家，里面都是小男孩。有的坐在笼中玩耍，有的在啼哭，有的在吃东西，有的睡着了。那些孩子大的不满七岁，小的只有五岁。行者看罢，告知师父、师弟，大家都迷惑不解。

他们来到金亭馆住下。唐僧问馆中的人："你们为什么把小孩装在鹅笼里?"那人支吾着不敢说。唐僧定要问个明白，他推辞不过，就悄悄地告诉说："这都是当今国王无道。三年前来了一个道士，他带来一个美貌的小女子，献给了国王。国王对小女子十分宠幸，封为美后，又封道人为国丈。从此国王得了病，身体日益虚弱。这个国丈说他有仙丹妙药，可以医好国王的病，还可使国王千年不老，益寿延年。不过要用一千一百一十一个小孩的心肝煎汤来服药才有效。那鹅笼里的小男孩就是做这个用的。明天午时三刻，这些孩子都要拿去杀死。可怜人家父母悲痛欲绝，只是惧怕王法，不敢啼哭。"唐僧听了吓得骨软筋麻，禁不住失声哭道：“昏君啊昏君，怎么残害这许多小孩性命！苦哉，痛煞我也！”八戒说：“师父不要悲伤，不要为此事哭坏了身体。”唐僧流着泪说：“徒弟，我们出家人积德行善，怎能忍受这昏君为非作歹？”沙僧说：“师父且莫悲伤，明日见国王时看那国丈是个什么样人，说不定是个妖怪。”行者说：“悟净说得有理，师父先休息，明日老孙与你同去，决不让他们伤了这些孩儿的性命。”唐僧听了，反过来向行者施礼：“徒弟啊，一定要救出这些孩子，只是不知你有什么办法？”行者笑道：“老孙用法力先将鹅笼里的小孩摄离此城。”唐僧这才转悲为喜。

夜晚，行者跳到半空，念动真言，招来城隍土地、护教诸神等一大批神祇①，吩咐他们：“把城中所有鹅笼里的小孩，一个不漏地连笼一起摄到城外山坳里安放一两日，给他们东西吃，不

①神祇（qí）：泛指神。神，指天神；祇，指地神。

可饿坏了；暗中保护，别让他们害怕啼哭。等我除了妖邪，再送来还我。”众神听令，各显神通，一时满城风响，云雾滚滚，所有装小孩的鹅笼全部被摄去安藏好。唐僧师徒这才放心安睡。

第二天，行者要随唐僧去见国王，唐僧说：“你去虽好，只是你一向高傲，不肯行礼，恐国王见怪。”行者就变个蟭蟟虫，“嘤”的一声飞在唐僧的帽子上，一同上朝。唐僧进了金銮殿，只见国王面黄肌瘦，精神倦怠，说话断断续续，动作时有差错。他两眼昏花，接过文书看了又看，弄了好久才盖上印，递还唐僧。国王正要问些取经的事，忽报国丈爷爷到。只见一个道士大摇大摆走进来，端然高坐，目空一切，既不朝拜国王，也不与唐僧答礼。唐僧谢恩出殿，行者在耳边说：“师父，这国丈是妖怪，国王受了妖气。你先回去，老孙再观察动静。”唐僧心中有数，一人先回馆中。

行者飞回金銮殿，停在翡翠屏风上。只见五城兵马官上来奏道：“陛下，不好了，昨夜一阵冷风，将各街坊鹅笼中的小孩都刮走了，毫无踪迹。”国王又惊又恼，对国丈说：“此真天灭朕也。幸蒙国丈赐仙方，专等今日正午开刀，取出小儿心肝为朕医治，怎么又被冷风刮去？”国丈笑道：“陛下不要烦恼，冷风刮去小儿，正是天赐良药到此。刚才我见到一剂绝妙的良药，胜过那一千一百一十一个小孩的心肝汤。”国王急问是什么妙药，国丈说：“就是刚才坐在这里的那个东土来的取经和尚。用他的心肝煎汤，服我的仙药，比小儿的心肝汤强一万倍呢！”昏君听了，十分相信，就下令调度羽林军前去包围金亭馆，捉拿唐僧。

行者听得清楚，立即飞回馆驿告诉唐僧，唐僧吓得浑身是汗。行者说："不要怕，老孙自有法子。"他叫八戒去取些湿的泥土来，将湿土往自己脸上一按，印出个猴儿脸的模(mú)子，叫唐僧不动不说话，将模子贴在唐僧脸上，吹口仙气，叫声："变!"唐僧就变成了行者模样。行者则变成唐僧的模样，两人交换了衣服，就是八戒、沙僧也难辨识。

刚刚打扮完毕，三千羽林军已包围馆驿，高叫："唐三藏出来!"假唐僧出门施礼，立即就被拉走，由羽林军重重围绕着送进了金銮殿。假唐僧站在阶心问道："比丘王，请我贫僧何事?"昏君说："特求长老的心肝。"假唐僧说："陛下，心倒是有几个，不知要什么样的?"国丈在旁说："和尚，要你的黑心。"假唐僧说："快取刀来，让我剖开胸腹，如有黑心，一定奉献。"那昏君命人取来一柄牛耳短刀，假唐僧接刀后解开衣服，剖开胸腹，"骨嘟嘟"地滚出一大堆心来，吓得文武百官直打哆嗦。国丈见了说："这是个多心的和尚!"假唐僧将心一个个捡出来给大家看，只有红心、黄心、白心、好胜心、谨慎心……就是没有一个黑心。那昏君吓得连叫："快收了去，快收了去!"假唐僧收了法，说："陛下真无眼力，我和尚全是一片善心好心，只有你那国丈是个黑心，等我替你取它出来。"那国丈急睁眼睛看时，见假唐僧变了面孔，认出是五百年前的孙大圣，立即抽身腾云逃走。行者紧紧跟上，打了几个回合，那妖化作寒光落入皇宫后院，带了进贡的妖后，逃得不知去向。

这一番天上地下、殿前宫后的翻腾，不论后妃百官还是昏君自己都明白过来：那道士国丈和美后都是妖精变化而成，于是他们纷纷出来要拜谢唐朝来的圣僧。行者急急回到馆驿，把唐僧脸上的泥模抓掉，吹口仙气叫声："正!"唐僧变回原身，带着行者、八戒、沙僧同来见国王。国王下殿亲迎，文武百官、三宫六院都来拜告："万望神僧大施法力，务必将妖怪斩草除根，以防后患。"行者问国王那道士来自何方，国王含羞告诉："三年前他初来时，说是来自城南七十里柳林坡的清华庄。"行者叫沙僧照看师父，与八戒一起驾云去寻。

两个到城南七十里处停下云头，只见一条清溪，两岸有千万株杨柳，却不见人家。行者叫土地来问，土地叩头道："在清溪的南岸，一棵九叉头的杨柳树根下，就是那妖的清华庄。要进去，还得用暗号：绕着这棵树左转三圈，右转三圈，用两手齐扑树上，连叫三声'开门'，方能进得洞府。"行者告别土地，与八戒跳过溪，找来找去，果然找到了九条叉枝的大杨树。行者叫八戒在外面等，自己按土地之言，绕树左转三圈，再右转三圈，双手齐扑树，连叫："开门，开门，开门!"听得一声响，"呼啦啦"门开两扇，面前石屏上有"清华仙府"四个字。他跳进里面，看见道士与那妖后正在堂上。行者举棒就打，道士举起蟠龙拐杖迎战，嘴里恨恨地骂："我又不挡你的取经路，凭什么破坏我的事!"行者骂道："你虐杀孩童，丧尽天良，饶你不得!"两人又骂又打。八戒在外面等得不耐烦，举起钉耙对着那九叉杨柳就筑了几下，筑得那树鲜血直冒，原来那树也已成精。他把树按倒在地，看见行者与道士正在打斗，赶上前举耙就筑。道士心慌，化道寒光向东败走。

两人急急追去，忽听鸾凤与仙鹤齐鸣，祥云缥缈，原来南极老寿星来了。他把那道寒光罩住，叫道："大圣慢走，天蓬休赶，老道在此施礼。”行者答礼道：“寿星兄弟，哪里来?”八戒笑道：“罩住寒光，拿住妖精了?”寿星赔笑道：“在这里，请二位饶他命罢，他是我的一副脚力，想不到逃到此地作怪害人。”行者说：“既是老弟之物，叫他现出本相看看。”寿星把寒光放出，喝道：“孽畜，快现本相，饶你死罪。”道士打个转身，原来是个白鹿，俯伏在地叩头求饶。寿星谢了行者，跨上鹿背骑了要走，行者扯住说：“还有两件事未完：一是妖后未抓到，二是同去见那昏君，要叫他知道真相。老弟略等一等。”

行者与八戒回到清华庄，见那妖后正要逃走，被八戒一耙打死，原来是个白面狐狸精。八戒揪着狐狸尾巴将它拖出来，与寿星一起去金銮殿见昏君。八戒指着白面狐狸说：“这就是你的美后。”国王见了胆战心惊。行者引寿星牵了白鹿来，吓得君臣一齐下拜。行者指着白鹿对国王说：“这就是你的国丈。”国王羞愧得无地自容，连连说：“感谢神僧救了我，感谢神僧救了我一国

的小孩，真是天恩，天恩！”寿星说：“东华帝君过我荒山，我留他下了一盘棋，谁知这孽畜就逃走了。我算定他在此地作怪，特来寻他，正遇着大圣在施威。”寿星从衣袖里摸出三个枣子给国王，国王吃了一个，就觉得身轻体健，病已好了不少。寿星对白鹿喝一声：“起！”跨上鹿背，驾云而去。国王又苦留师徒求教，行者教导他说：“陛下，从此爱护百姓，多行善事，才是真正的祛(qū)病延年之法。”国王谨领教诲，决心改过。

这时，半空中一阵风响，从空中轻轻落下一千一百一十一个装着小孩的鹅笼。城隍、土地众神叫道：“大圣，我等照前吩咐，小孩一一送来也。”行者谢了诸神。只见满城的人都在认领小孩，爹妈亲着孩子叫“心肝”“宝贝”，孩子搂着大人叫爹叫妈。满城的人都叫：“唐朝爷爷，到我家奉谢救儿之恩。”老老小小，男男女女，都来抬着八戒，扛着沙僧，顶着孙大圣，捧着唐三藏。这家也开宴，那家也设席。请不及的，忙着做僧鞋、僧帽、衣衫、布袜。盘桓[①]了近一个月，才得离城西行。家家又画下四人图像供奉，焚香顶礼膜拜，真是取经行善恩情深，救活千千万万人。

邪主无知失正真，贪欢不省暗伤身。
因求永寿戕童命，为解天灾杀小民。
僧发慈悲难割舍，官言利害不堪闻。
灯前洒泪长吁叹，痛倒参禅向佛人。

---

①盘桓(huán)：逗留，徘徊。

38 陷空山奇遇老鼠精

比丘国君臣百姓送唐僧师徒出城，送了二十多里还依依不舍。唐僧下马一再劝阻，众人才停步。师徒继续西行，来到一片黑松林。进了林子，就见一个女子被绑在树上喊救命。唐僧不顾行者一再反对，叫八戒救下女子，带着她一起来到镇海寺投宿。

唐僧因受风寒生了病，在寺里住了三天。可是这三天寺里就少了六个小和尚：每天夜晚去撞钟打鼓的两个小和尚总是有去无回。这事被行者知道了，他决定夜里去探个明白。

天上只有星星，月亮还未上来，佛殿里黑黝(yǒu)黝的。行者变成个小和尚，敲着木鱼念着经，等到一更还不见动静。等到二更，斜月初升，只听得“呼呼”一阵风响，来了个女子，一看，就是唐僧在林子里救的那个。她扭扭捏捏拉着行者说：“小长老①，我和你到后花园去耍耍。”行者故意站起来跟着她走。进入后园，那女子就对行者使个绊子腿，把行者绊倒在地。行者想：原来那些小和尚就是这样被她引诱，然后伤了性命的。于是把那女怪掀翻在地，自己跳起来，现了本相，抡起金箍棒就打。那女怪吓了一跳，随手架起双剑，左遮右挡，自料敌不过，抽身就走。行者追去，她却将左脚上的绣花鞋脱下，吹口妖气，叫声“变”，就变成自己的模样接着上来打，真身化成清风，把唐僧摄了去。

行者斗得心焦，一棒打下，却原来是只绣花鞋，知道中了计。他急忙来找师父，师父已不在了。行者叫起八戒、沙僧就往东走。八戒说：“哥哥走错了，怎么向东走回头路了？”行者说：“那天在黑松林救的女子，老孙知道她是妖怪，师父却认她是好人。这三天吃小和尚的就是她，今天摄走师父的也必定是她！还从旧路找她去。”说完变成三头六臂，一路打回黑松林。这一阵打，倒是把土地给吓了出来。据土地说，那女怪不在这里，却在正南方向一千里路外的陷空山无底洞中，是个金鼻白毛老鼠精。

行者纵起筋斗云，八戒驾起狂风，沙僧、龙马也踏起云雾，

---

①长老：对年长德高的和尚的尊称。

一齐向南，在一座大山前停云止步。八戒先去探路，看见两个女妖在井边打水，就变个黑胖和尚，摇摇摆摆上前唱个喏道："奶奶，贫僧稽首①了。"两妖欢喜道："这和尚倒好，会唱喏，又会称呼人。"八戒问："奶奶，你们打水做什么用？"女妖说："和尚，我家地涌夫人夜里摄了个唐僧在洞里，嫌洞里的水不干净，差我两个来此打好水安排筵席，与唐僧吃了，今晚要成亲呢！"八戒听了抽身跑回来告诉二人说："师父在这妖精洞里。妖精正安排今晚与师父成亲哩！"行者说："快跟着那两个女妖，看她们往哪里走，只要找到门，我们就好动手。"

他们远远地跟定两妖，渐入深山，走了将近二十里，两妖忽然不见了。行者急睁火眼金睛漫山看遍，不见踪影，却看见陡崖前有一座玲珑剔透的雕花五彩牌楼。他们走近去看，上面有六个大字："陷空山无底洞。"但是牌楼后面没有门，却有一块大石头，约有十余里方圆。大石头中间有缸口大的一个洞，被爬得光溜溜的。行者伏在洞口向下一看，不禁喊了起来："咦！深啊，周围足有三百里呢！"

行者叫八戒、沙僧守住洞口，自己跳下洞去。走到深远之处，却见里面明亮起来，与洞外一样有阳光、有风声、有花果树木，不禁叹道："好地方啊，想我老孙只知花果山水帘洞好，不料这里也称得上洞天福地！"又见一座门楼，周围松竹围绕，门楼里面有许多房舍。他就变个小苍蝇飞在门楼上，看见那个女怪正坐在草亭里，吩咐小妖安排筵席，要与唐僧成亲哩。

---

①稽(qǐ)首：出家人的行礼方式，先举一手至胸前，再俯首至手。

再飞到里面，在东廊下一面糊着红纸的格子窗户里，行者看到了唐僧。他从窗格子洞里飞进去，在唐僧的光头上停着，叫声“师父”。唐僧急忙说：“徒弟快救我。”行者说：“师父别急，这洞太大，出路不好找呢！”唐僧垂泪道：“如此艰难怎么好？进来的路我又都忘了。”行者说：“只有除掉妖怪才能出去，等会儿她叫你喝酒，你就喝，还要回敬一杯，那时你把酒斟起许多水泡来，我就变个虫躲在水泡下面，让她喝到肚子里，就有办法了。”唐僧领会。

不久，女怪来开了锁，推开门，叫声：“长老！”唐僧不敢应。女怪连叫三声，他想着行者的计策，只好应了声：“娘子。”那怪听了高兴，就过来搀起唐僧，做出千种媚态、万种风情，把唐僧带到草亭，说：“你看，我为你办了一桌筵席，和你喝了酒好成亲。”行者暗中跟出来一看，果然丰盛，真不愧是老鼠精，会积粮囤物呢！黑漆嵌花桌子上，果子就有苹果、橄榄、莲子、葡萄、香榧(fěi)、梨、榛子、松子、荔枝、龙眼、山栗、菱角、枣子、柿子、胡桃、银杏、金橘、香橙等许多品种。蔬菜更有新鲜的豆腐、面筋、木耳、鲜笋、蘑菇、香蕈(diàn)、山药、黄精、石花菜、黄花菜、扁豆角、豇(jiāng)豆、黄瓜、蔓菁(mán jing)、茄子、冬瓜等等，或是清油煎炒，或是熟酱调制。还有糖拌煨(wēi)烂的芋头，醋烹白煮的萝卜。花椒生姜种种调味品齐全，咸淡适宜，鲜美可口。

女怪捧起金杯，斟满美酒，甜言蜜语地叫道：“长老，妙人儿，请喝这一杯。”唐僧满心烦恼，无可奈何，接杯喝了。急将酒满斟一杯，用心斟起一个水泡儿，待行者变个蟭蟟虫儿轻轻飞入水泡下。唐僧见了连忙将这杯酒回敬给女怪。女怪接杯在手，却不喝，放在桌上，先说了些话，再举杯时，水泡儿已破，正好露出个蟭蟟虫儿，女怪用小手指把虫儿挑起，往下一弹，行者被弹掉了。

行者恼火，变个饿鹰飞过来，“哗啦”一声，把满桌盘子、碟子都掀翻打碎，“呼”地飞了出去，搅得女怪又恼火，又心惊，只得把与唐僧成亲的事暂时放一放，依旧把唐僧送到东廊下那间屋里锁住，寻找那个“老鹰”出气。

这时行者已经变成个苍蝇，到唐僧身边，叫声“师父”。唐僧听见声音跳起来说：“你这猴头，别人胆大，还是身包胆；你的胆大，是胆包身呢！你打烂了她的筵席，惹得她恼火，还不知会怎样对付我呢！”行者说：“莫怪，有法子了。刚才我展翅飞去，见后面有个花园，桃子正熟。你叫她陪你去逛花园，摘个最大的桃子——那是我变的，叫她吃下肚，我就有法治她了。”唐

僧说："你有手段，就直接与她斗，你不会打不过她，为什么总要钻到肚子里去?"行者说："师父哪里知道，她这个洞又大又曲折，不好捉摸，也不知窝着多少大大小小的老鼠精，不知底细我就动手，说不定连我都扯住了。"唐僧点头，关照说："你一定要跟牢我。"行者说："知道了，我在你头上。"

师徒商量好了，唐僧起身叫："娘子。"那女怪正在恼火，听到唐僧这样叫她，笑嘻嘻地跑了过来。唐僧说坐了一日心里闷，要去花园散散心。女怪欢喜，就答应同去。女怪开了门搀出唐僧，只见许多小妖都打扮得油头粉面，簇拥着唐僧去花园。

他们来到桃树林，行者在师父头上一掐，唐僧心中有数。行者飞到桃树枝上，变作一个红桃子，唐僧伸手摘下这个桃子，双手捧给女怪说："娘子，请吃这个红桃。"女怪一看，果然是个又大又红的好桃子，放在嘴边张口要咬。行者十分性急，早已滚进她的嘴里，翻入喉咙，直落肚中。女怪有点害怕："桃粒都没有吐出来呢!"却听见唐僧在与人说话："徒弟，进到里面去了?"行者在肚子里说："老孙得手了。"女怪问："长老，你和谁在说话?"唐僧说："我和徒弟孙悟空说话。他在你肚子里呢!"女怪慌了，急问道："孙悟空，你钻进我肚子里干什么?"行者说："不干什么，你放我师父出去，我就出来；你不放我师父，还要强迫成亲什么的，我就吃了你的心、肝、肺。"说完就开始在肚子里抡拳蹬脚。女怪受不起疼痛，喊道："送你师父出去罢了。"于是背起唐僧，一纵云光，送到洞口。行者这才叫她张开口，用金箍棒变成枣核儿顶住她的上下颚，跳出口外，收了棒，与八戒、沙僧一起跟女怪打起来。

女怪哪里是三个人的对手，紧要关头她又脱下右脚的花鞋变成自己的模样来抵挡，真身化作一道清风逃走。却见唐僧一人独坐，就一把抱起，拖了行李，弄断缰绳，连人带马统统摄进洞里。

八戒正在发狠，一耙把“妖精”打倒在地，一看，原来又是一只绣花鞋。行者抱怨道：“你们看着师父好了，谁要你们来帮忙？快去看师父。”三人急回头，师父果然不见了。

行者再进洞找师父，只见大门楼关了门。他一棒打开门闯进去，里面静悄悄全无人迹，东廊下更没有唐僧。这洞有三百多里，妖精窠(kē)穴很多，女怪搬了地方。行者东撞西奔，找不到一点踪迹。正在心焦烦躁之时，忽然闻到一丝香烟飘来。他顺着香烟味儿向后面找去，有三间房子。正中后壁前，有一张雕花细漆的供桌，桌上有一个大金香炉，炉内正焚着香。供桌上面供奉着一个金字牌位，牌位上写着：“尊父李天王之位。”略低一点写着：“尊兄哪吒三太子之位。”行者再不去搜妖怪，也不去找师父，把金箍棒收作绣花针儿放进耳朵里，双手把这牌位和香炉拿起来，笑嘻嘻来到洞外，拿给八戒、沙僧看，说：“妖怪有主了，原来是李天王之女，哪吒之妹。我到玉帝前去告御状，叫天王老儿还我师父。”然后与八戒、沙僧一起写了个告状的状纸，由行者上天去告。

玉帝接了状纸，听了原告孙悟空的陈述，叫太白金星去宣被告李天王父子见驾，还叫原告也一起去。金星和行者来到天王府，李天王一听孙行者告他的御状，十分气恼；又听说告他的女儿在下界当妖精害唐僧，恨得拍桌子大叫：“这猴儿乱告，我只

有四个子女：大儿子金吒，在侍奉如来；二儿子木吒，在南海做观音菩萨的徒弟；三儿子哪吒，每天在身边；最后一个小女儿，只有七岁，不信抱出来你看。我哪有什么妖精女儿？这猴头太无礼！要知道，诬告者罪加三等。来人，拿缚妖索将这猴头捆了。”金星甚觉不妥，急忙来劝。行者全然不惧，笑哈哈地叫他来捆。这时哪吒上前叫道：“父王息怒，父王是有个女儿在下界。”天王惊问：“我只生了你们四个孩儿，哪里又有个女儿？”哪吒说：“父王忘了，那女儿原是个老鼠精。三百年前她在灵山偷吃了如来的蜡烛油，我们父子把她拿住，饶了她性命。她感恩拜父王为义父，拜孩儿为义兄。想不到如今她又要害唐僧，却被孙行者搜了牌位来告了御状。”天王吓了一跳，说道：“孩儿，我真忘了，她叫什么名字？”哪吒说：“叫金鼻白毛老鼠精，又叫地涌夫人。”天王这才省悟，一千个不是，一万个不是，向行者赔礼道歉，让金星向玉帝回旨，天王父子随行者去陷空山无底洞捉拿老鼠精。

他们来到那个爬得光溜溜的洞口，会了八戒、沙僧，带着天兵，进去搜查。过了一重又一重，走了一处又一处庭园，最后在东南黑角落处找到另一个小洞。洞里有一个小门，里面是一间矮屋，倒也布置了修竹盆花，暗香馥郁①。那怪搬在这里，正威逼唐僧成亲哩！天兵一齐拥上。妖怪见是李天王父子来拿，只是磕头求饶命。哪吒叫收了去，带回天曹发落。行者找到了师父，一起拜谢了李天王父子，牵出马匹，拿了行李，与八戒、沙僧一起，继续上路。

发盘云髻似堆鸦，身着绿绒花比甲。
一对金莲刚半折，十指如同春笋发。
团团粉面若银盆，朱唇一似樱桃滑。
端端正正美人姿，月里嫦娥还喜恰。
今朝拿住取经僧，便要欢娱同枕榻。

①馥(fù)郁：形容香气浓厚。

㊴ 金平府除害捉灯怪

途经灭法国、隐雾山、凤仙郡、玉华县，斗妖除怪，跋山涉水，可喜的是渐近西天。师徒们来到天竺国外郡金平府，投宿于慈云寺。寺僧见是东土远道来客，都热情接待。

那日正是正月十三日，金平府元宵灯节的第一天，称“试灯”；十五日是元宵佳节，灯火最盛；一直要到十八九日才结束，称“谢灯”。寺僧恳留师徒看灯，也可领略当地的风光，师徒们就留下小住两日。当夜佛殿上钟鼓齐鸣，众信徒已来送灯敬佛。第二天，在本寺观灯，但见火树摇红，星桥影晃，一派盛况。

十五日是灯节的正日，寺僧陪师徒进城观灯。看不尽满城的灯花火树：雪花灯、梅花灯、荷花灯、核桃灯、青狮灯、白象灯、羊灯、马灯、虎灯、鹿灯、鹰灯、凤灯、仙鹤灯、虾儿灯、螃蟹灯、金鱼灯、长鲸灯……真是万家灯火楼台，十里云烟世界。满城箫鼓喧哗，游人如织，骑象的、跳舞的，自有一派西域风光。

师徒已觉繁灯十分灿烂，寺僧还要引四人登上“金灯桥”看“金灯”。原来桥上点三盏金灯，每盏灯下面都有一只大缸，缸中盛满香气扑鼻的灯油，上面罩着金丝编织的两层楼阁，光影晃月，油喷异香。寺僧不胜感慨地说：“这三盏金灯，价值昂贵，

金平府
元夜
觀燈

全贵在它的油上。因为不是平常的油，而是酥合香油。三盏灯，每缸有五百斤灯油，三缸共有一千五百斤。不说别的费用，仅此香油一项，就需白银四万八千两，年年分摊在百姓头上。尤其是二百四十家承担灯油的大户，每家一年要出二百多两银子，还只点得三夜。今天半夜里，佛爷爷要现身，现身以后，油就没有了。”八戒笑道：“这个佛爷也是，怎么连油都收了去？”寺僧说：“正是。佛祖来收了灯，才保太平。如不供奉，就要降下大灾难，所以不得不年年供奉，百姓实在苦累不堪啊！不知有多少人家倾家荡产，家破人亡。”大家听了不禁惨然。

正在说话，忽听呼呼风响，吓得看灯的人尽皆逃散，寺僧也慌着催促回去，说是佛爷要降临收灯油了。唐僧觉得自己是取经拜佛人，听说佛爷降临，毫无惧怕之心，倒想借此拜佛。

一会儿，风中果然现出三位佛身，向金灯走来，唐僧连忙下拜。行者急忙喊道：“师父，不是佛爷，是妖怪。”他正要上前抢救师父，可是已来不及了，只见灯一暗，“呼”的一声把唐僧摄去。吓得八戒连忙寻找，沙僧左右呼唤。行者说：“兄弟，妖怪假冒佛爷弄灭了灯光，用器皿盛去了油，连师父一起摄去了。我去追。”

行者急纵上云头，抓住那股怪风的尾巴闻了闻，有股腥膻味，紧紧跟踪而去。一直追到天亮，忽而风息，来到一座大山。行者转过山崖，看见涧边石崖下有座石门，旁立一个石碑，上书“青龙山玄英洞”。因是追风寻迹而来，他认定是这个洞里的妖精摄去师父，冲着石门大叫：“妖怪，快送我师父出来！”石门里跑出一群呆头呆脑的牛头精怪，愣了一阵，问道：“你是谁，敢到这里来吆喝？”行者说：“我是齐天大圣孙悟空，叫你妖王快将唐僧送出来。”几个牛头怪转身进去不久，“呼喇”一声石门大开，奔出了三个妖怪，各人身后一面大旗：“辟(bì)寒大王”“辟暑大王”“辟尘大王”。只见妖怪头上怪角峥嵘，嘴里獠牙外伸，一个个都是恶煞凶神。身边一群山牛精、水牛精、黄牛精，各执兵器，擂鼓呐喊。辟寒大王喝道：“你就是闹天宫的孙悟空？真是‘闻名不曾见面，见面羞煞天神’。你原来不过是这么个小猢狲儿，还敢说大话？”行者骂道：“坑害百姓偷灯油的贼，快还我师父来！”辟暑大王笑道：“我们自幼爱吃这酥合香油，金平府年年供养我等，与你何干？今拿得唐僧，正好合着酥合香油煎着吃。”行者大怒，举棒就打。那三个妖怪合力相迎，一场好杀，斗到一百五十多回合，天色将黑。辟尘大王摇了一下身后的大旗，满山

遍野的牛头怪簇拥上来，把行者围在垓心。行者见事不妙，向上一纵，驾筋斗云回到慈云寺，叫八戒、沙僧一起前来。

三人踏着月色奔到洞口时，已是深夜。行者叫八戒、沙僧守在门口，自己先去打探师父情况。他变个萤火虫儿飞进去，见那些牛头怪都已呼呼熟睡，只是不知三个妖王在何处。转过厅堂，听见隐隐有哭泣之声，飞过去一看，见唐僧被锁在柱子上哭哩。行者忍不住飞上前轻轻叫声："师父。"唐僧喜道："悟空，我正有点奇怪，正月里怎么会有萤火虫？原来是你。"行者现了本相，使个解锁法，领着唐僧就往外走。偏偏在转弯处撞见了几个巡夜的小妖，行者手起棒落打死了两个，余下几个边逃边叫："不好了，毛脸和尚在此杀人了！"三怪听见，跳起来连声喊叫："拿住，拿住！"满洞都是牛头怪，一时群魔乱舞，唐僧吓得手软脚麻走不动了。行者顾不得唐僧，一路棒打出了洞。三怪把唐僧仍旧锁了回去，又把前后门都紧紧关闭。

行者杀出洞口，叫："兄弟们何在？"八戒和沙僧举着耙、杖等待，都迎上来问："哥哥，怎么了？"行者说了情况，又见洞门紧闭。沙僧说："闭门不出，想是会暗害师父，我们动手吧！"行者说："赶快去打门。"八戒举耙尽力筑去，把石门筑得粉碎，吓得门内小妖滚进去大叫："大王，不得了，前门被和尚打破了！"三怪闻报追出大门，与行者、八戒、沙僧相遇。不由分说，三僧斗三怪，赌斗多时，不见输赢。辟寒大王大喊一声，一批水牛精牛性大发，上来把八戒绊倒在地，扯进洞里捆了。辟尘大王大喊一声，一群山牛精蛮横力大，沙僧又被捉去捆了。只有行者纵起筋斗云脱身而去。

行者上了天宫，正好撞着太白金星。行者向金星打听，金星想了想说："那三个是犀牛精，与天上诸神佛倒没有关系，只因犀牛望月，有天文之象，修炼成精，也都神通广大。犀牛角又都有贵气，在江海之中能分开水道。若要拿他，只有四木禽星，见面就伏。"行者谢了，就去斗牛宫找四木禽星。

来到宫外，二十八宿星辰都来迎接。行者只请角木蛟①、斗木獬②、奎木狼③、井木犴④这四木禽星相助，一同来到青龙山玄英洞。

行者在洞口叫战，三怪冲出，看见四星到来，都慌了手脚。只听得呼呼吼吼，众小妖全现了原形，都是些山牛精、水牛精、黄牛精，满山乱跑，各自逃命。三个妖王也乖乖地现了本相，放下手来，变成了四只蹄子，往东北飞奔而去。行者率井木犴、角木蛟紧追急赶；叫斗木獬、奎木狼扫荡妖洞，解救唐僧、八戒、沙僧。

行者与二星官驾云追赶，斗木獬、奎木狼亦随后赶到，一同追到西洋大海边，见三怪钻下水去。这些犀牛怪头上的角果是宝贝，入海就能分开水道，只听"哗哗哗"的水响，海水被冲开一条大道，大道两边水墙壁立，三怪在中间行走，如履平地，直入波涛深处，一时难以追及。

西海中有探海的夜叉，巡海的介士，远远看见三只犀牛怪分

---

①角木蛟：即角宿，二十八宿之一，东方青龙七宿第一宿。②斗（dǒu）木獬（xiè）：即斗宿，二十八宿之一，北方玄武七宿第一宿。③奎木狼：即奎宿，二十八宿之一，西方白虎七宿第一宿。在《西游记》中曾化作黄袍怪下界作恶。④井木犴（àn）：即井宿，二十八宿之一，南方朱雀七宿第一宿。

开水势而来，又认得孙大圣正率星官下水追赶，急忙到水晶宫向龙王报告。龙王敖顺唤来太子摩昂吩咐：“快点水兵，想是犀牛精辟寒、辟暑、辟尘作恶，今既已来到海中，快快助孙大圣一臂之力。”摩昂得令，立即点兵，龙王父子一齐上阵。

顷刻间，龟相、鳖帅、鼋鼍①大将、鳊先锋、鲌旗官、鳜鲤众将官，率虾兵蟹卒，各执枪刀，一齐呐喊，在汪洋大海中排出一字长阵挡住去路。犀牛怪不能前进，急退后，又有行者、星官追赶，慌得三怪失了群，各自逃生。辟寒被井木犴打死。辟尘被老龙王领兵围住，摩昂上前穿了它的鼻子、捆了四蹄。角木蛟把辟暑赶回来，摩昂率众水兵摆开簸箕阵将其围住，井木犴上前揪住它耳朵，夺了刀，也穿了鼻子，由星官押着来到金平府上空。行者在半空叫金平府官民来看犀牛怪，告诉大家这就是假冒佛爷

①鼋鼍（yuán tuó）：神话传说中是指巨鳖和扬子鳄。

窃取灯油的罪犯，以后再不用供奉金灯酥合油，以免劳民伤财。城中家家设香案拜谢，感激不尽。星官及龙王父子告辞回去。这时唐僧、八戒、沙僧亦已回到慈云寺，见百姓对两怪恨极，八戒性起，举耙筑倒二怪，绝了后患。

唐僧师徒为金平府百姓捉出了那些假冒“慈悲佛”的偷油妖怪，是多么大快人心！人们将唐僧师徒的功绩树碑刻文，以传千古。

一别长安十数年，登山涉水苦熬煎。
幸来西域逢佳节，喜到金平遇上元。
不识灯中假佛像，概因命里有灾愆。
贤徒追袭施威武，但愿英雄展大权。

㊵ 天竺国嫦娥收玉兔

离了金平府，投西而进，倒也一路平安。走了半个多月，来到舍卫国的“布金禅寺”。师徒们走进山门，觉得奇怪，在寺院西廊下停着许多骡马车担，挤满了做买卖的人。寺僧解释说：“那是因为大家不敢过山，暂在寺中歇宿，要清晨鸡鸣报晓时才敢过去。因为山上蜈蚣成精，拦路伤人，只有鸡鸣时蜈蚣才不敢动。这个山就叫做百脚山。”

安排好住宿，师徒们顺便到后园参观祇园遗基。正值月夜，万籁无声，却隐隐听见有哭泣声。正在奇怪，一位老僧来求见，说：“贫僧有事求你们帮助。”说完悄悄带师徒来到一间锁固严密的破旧小屋旁，向里一看，关着一个女子，正在悲伤地哭泣。老僧说：“这女子是天竺国国王的公主，一年前被妖怪用风刮到此地，是老僧收留了她，悄悄地把她关进小屋隐藏起来。屋上只留一个小洞，可以送菜饭给她吃。白天她不敢吭声，只有夜晚无人时，因思念父母而啼哭。”唐僧问：“你为什么不去天竺国都城向国王报告?”老僧叹息说：“我几次去都城打听，都说国王没有丢失公主。可是这女子所说不像假话，其中必有蹊跷。你们是大唐来的神僧，所以特来求你们相助，辨明真假，救此女子，也了却我的一桩心事。”唐僧点头应允。

第二天，师徒们来到天竺国都城。只见街头熙熙攘攘，都在说公主要抛绣球招驸马。住进驿馆后，唐僧就叫行者跟随，马上进朝见驾。

两人走到十字街头，看见一座彩楼，听说公主在上面抛绣球。还未看到公主面，绣球已经稳稳地抛到唐僧头上。唐僧吃了一惊，躲都来不及。绣球把他的和尚帽打歪，他用手扶帽子时，那绣球又滚到他的大袖口里，想甩都甩不掉了。只听彩楼上下一片喊：“打着个和尚了，打着个和尚了！”唐僧急得连问行者：“如何是好？如何是好？”行者说：“师父别急，你先随他们进宫，只对国王说还有三个徒弟要吩咐，叫他宣我上朝，我就可以辨明公主真假，见机行事。这叫‘倚婚降怪’之计。”这时彩楼上的太监、宫娥纷纷下来，向唐僧拜道：“贵人，请入朝贺喜。”唐僧无奈，只得进宫见驾。

国王听说绣球打着了和尚，心里不高兴。但公主却执意要嫁，说是天赐良缘，不能更改。唐僧急坏了，左说右说万万不从，一定要西去求经。国王怒道：“这和尚甚不通情理，朕以一国之富招你为驸马，有何不好？再推辞就推出午门斩了。”唐僧这才惴(zhuì)惴不语，想着行者的话，战战兢兢地奏道：“蒙陛下天恩，但贫僧还有三个徒弟在外，不曾吩咐一声，万望召他们到此，办理关文，好让他们去西天取经。”国王觉得有理，就宣三个徒弟上殿。

三人进殿，国王见了，又惊又喜。惊的是三人相貌稀奇；喜的是如此高徒，唐僧必是活佛。这时后宫来报：婚期已定于本月十二日。国王即命安排师徒先在御花园住下。行者对唐僧说：“师父莫怕，我看那国王脸上有些灰暗之色，着了妖气，但未见公主如何。既然定下十二日是结婚之日，那公主必定出来。等老孙在旁观看，如果是个人，你就留下当驸马……”话未讲完，早被唐僧骂了起来：“你再胡说，我就念那紧箍咒。”行者笑着说：“莫念，莫念。如果是人，我们就闹王宫领你逃走；如果是妖，就除了她。”

这几日，国王款待师徒，八戒放开肚皮吃得好不快活，唐僧却心事重重。到了十二日良辰佳时，行者正要看个究竟，谁知那公主向国王奏道：“父王，小女有一言启奏：这几日听宫中官员说，唐圣僧有三个徒弟，生得十分丑陋，小女不敢见他们，万望父王将他们早些打发出城，不然惊伤弱体，反为祸害。”国王果然准奏，宣驸马与三个徒弟上殿。

国王立即为三人办了进出关的文书证件，送三人去取经。行者接了关文上前称谢，转身要走，唐僧吓得一把拉住说：“你们都不顾我了？”行者用手捏了他手掌一下，丢个眼色。唐僧似信非信，却见国王已请驸马上殿，叫三人准备出城西行。

回到驿馆，行者拔根毫毛变个假行者与八戒、沙僧同在驿馆内，真身却跳到半空，变个蜜蜂儿飞进朝中，停在唐僧的帽子上，对着耳朵悄悄叫声："师父，我来了，切莫忧虑。"这句话只有唐僧一人听到，他顿觉心宽。

一会儿，皇后、嫔妃从后宫拥着公主出来，行者一看，公主头上微露一缕妖气，虽还不算十分凶恶，却也可以分出人妖，就对唐僧说："师父，公主是假的。"他一时性急，大喝一声，现了本相，赶上前揪住公主骂道："好孽畜，你在这里弄假成真充当公主还不满足，还想留我师父做附马！"吓得国王及后妃跌跌撞撞，乱成一团。那妖精脱了手，剥了衣服，摇落钗环首饰，跑到御花园土地庙里，取出一头粗一头细的短棍，急转身乱打。两人从花园一直杀到空中。看到这种情况，国王、后妃及众人才明白公主是妖变的。

那妖正与行者打斗，行者把棒丢起，叫声"变"，一变十，十变百，百变千，如蛇游蟒搅，乱打妖精。妖精慌了，化成一道金光逃去。行者收了铁棒赶来，见妖怪往西天门逃去，忙厉声高叫："把天门的，挡住妖精！"妖精不能前进，急回头又用短棍与行者相持。行者冷笑道："你那个什么武器，敢与老孙较量？"妖怪道："我这个是广寒宫里捣药杵(chǔ)，打人一下命归黄泉。我认得你是五百年前大闹天宫的弼马温，你坏我亲事，情理不容。"两人又斗了十数回合，妖精化作一道金光，向南败走。行者追到一座大山前，寂然不见。找来找去，找到一个兔穴，有几只野兔子被惊出来。再找到山顶，又是一个兔穴，不过有两块大石头将洞门挡住。行者笑道："这真是'狡兔三窟'，看来在这里了。"

他把大石头撬开，那妖果然藏在里面，“呼”的一声跳出来举起药杵就打，边战边退，奔至空中。

行者紧紧跟住，正要举棒狠打时，听见有人叫：“大圣，棍下留情!”回头看时，原来是月里嫦娥带着众仙子，降彩云到面前。慌得行者连忙施礼：“不知嫦娥仙子哪里来，有何事?”嫦娥说：“被你打的这个妖邪，本是我广寒宫里捣玄霜①仙药的一只玉兔。她私自走出宫来已经一年，我来收她回去!”行者笑道：“原来是只玉兔儿，难怪她的武器是个捣药杵。仙子不知，她在天竺国假冒公主，还要逼我师父成亲呢!”嫦娥仙子说：“她假冒公主，把真公主摄走，这事乃十八年前有一段恩怨：那国王的真公主原是月宫中的素娥仙子，她曾打了这玉兔儿一掌，又思凡下界，降生在天竺国王家当了公主。这玉兔儿怀恨那一掌之仇，去年偷偷走出广寒宫，抛素娥于荒野。但她不该拘住唐僧要成婚，此罪真不可饶。幸大圣识破真假，未曾伤害你师父，万望看我面上，饶她性命，让我收了回去。”行者说：“仙子之意，老孙不敢违背，只是烦仙子拿玉兔给国王看看，辨明真假，也算此事有个了结。”嫦娥自然应允，喝了一声，那妖打了个滚现了原形，原来是只小白兔。

此时正是黄昏，一轮满月初上。国王与唐僧、八戒、沙僧在殿内等待行者消息，忽见天上一片彩霞，光明如昼。众人抬头看时，只见行者高声叫道：“天竺国王，月里嫦娥与众仙子到。请看这只玉兔儿，就是你家的假公主，今天现出真相了。”国王、

①玄霜：神话中的一种仙药。

后妃及满城百姓都焚香拜谢。只有那猪八戒老毛病又发作，跳到空中拉住嫦娥说："姐姐，我与你旧相识，我们耍子去也。"被行者扯住猪耳朵赶了下来。嫦娥与众仙子收回玉兔儿，驾起彩云，回到月宫。

行者让国王去布金寺后园的小屋中接回真公主，又叫在百脚山上放养大雄鸡千只，除掉山上成精的蜈蚣，并改山名为宝华山。次日，师徒四人告别国王及群臣，继续向西天灵山前进。

仙根是段羊脂玉，磨琢成形不计年。
混沌开时吾已得，洪蒙判处我当先。
源流非比凡间物，本性生来在上天。
一体金光和四相，五行瑞气合三元。
随吾久住蟾宫内，伴我常居桂殿边。
因为爱花垂世境，故来天竺假婵娟。

㊶ 行满功成得真经

历尽艰辛，师徒们终于进了西方佛地。一路琪花瑶草，翠柏青松，处处山灵水秀。忽见彩云祥雾中一片高楼，唐僧举鞭指道："悟空，好地方啊！"悟空一看，高兴地喊："师父，到西天了！"他看师父与师弟们又惊又喜，嘻嘻笑着呆看，急叫："你们在那假西天假佛像处倒要下拜，今天到了真西天真佛地却还不下马，怎么啦？"唐僧这才慌忙跳下马，大家来到楼阁前，一起下拜。

楼阁前早有一位大仙在迎接，叫道："来的莫非是东土取经人么？"唐僧急整衣上前施礼答应。行者认得，说："这是灵山脚下玉真观的金顶大仙。"大仙笑道："圣僧今天才到，我在此迎候了好些年了。"唐僧合掌道："有劳大仙盛意，感激，感激！"大仙引四人牵马挑担进入玉真观，献茶摆斋。而后烧了香汤，让师徒们都沐浴了，做好见佛祖的准备。

第二天一早，唐僧换上锦褴袈裟，戴了毗卢帽，手持锡杖，精神抖擞，来辞别大仙。大仙说："我来送你们一程。"行者说："大仙不必送，这条路老孙认得。"大仙笑道："大圣过去走的是云路，今天拜佛取经，要走本路。"说完就亲自送四人一程，指着那半天中祥光五色、瑞气千重处说："这就是灵鹫高峰，佛祖如来所居之圣地。”大仙指明道路后告辞回去。

走了几里路，有一条大河挡在眼前，河水约有八九里宽阔，水流湍急。河上只有一根独木横架，看了令人心惊胆战。桥边有三个大字“凌云渡”。行者跳上独木桥，拽开步，摇摇摆摆走到那头，招呼八戒、沙僧，两人都不敢走。行者再走回来，拉着八戒说：“过了此河，方可成佛。”八戒吓得连声叫道：“滑，滑，滑，实在走不得。”正在拉拉扯扯时，河中有人撑船过来叫道：“上船渡河。”唐僧大喜，招呼三人一起上船。他正要往船上跨步，又缩了回来，原来是只无底船。行者认识撑船的是接引佛祖，来引渡凡人进入西天的，连忙合掌谢道：“承盛意，接引我师父。”伸手一推，唐僧站不稳，跌进水里。撑船人一把拉他到船上，他正要埋怨行者，却见河中浮起一具死尸。行者笑道：“师父莫怕，那个就是原来的你。如今你已脱了这个凡胎俗骨了。”八戒、沙僧、白马也都上了船，说着也就登了彼岸。忽然

船和撑船人都不见了，唐僧这才省悟自己已脱凡胎，回身谢了三个徒弟。行者说："两不相谢，我们亏了师父解救，同走取经修善之路，得以成功；师父也赖我们保护，历经艰辛，喜脱凡胎。"四人一个个身轻体健，登上灵山。

一路走去，看不尽的仙山美景，时见彩凤双双，青鸾对对。青松林下，万花丛中，许多仙子、仙女优游逍遥，一一前来行礼招呼。渐登灵鹫顶峰，真是低头观红日，引手摘飞星。步步行去，终于来到霞光万道、彩云缭绕的大雷音寺前。早有四大金刚上前迎接，一门、二门、三门传报上去："取经的唐朝圣僧已到！"佛祖如来大喜，传佛旨进殿。唐僧同悟空、悟能、悟净牵马挑担，进入山门，直至大雄宝殿前，向如来行礼叩拜。唐僧陈述了大唐皇帝旨意，不远万里，前来拜求真经，以济众生。如来道："我有经三藏，共计三十五部，一万五千一百四十四卷，凡天下四大部洲之天文、地理、人物、鸟兽、花木、器用、人事，无所不载，真是知识之库，修善之经。"他叫阿傩、伽叶先引四人到珍楼下用斋，然后再在三藏经中每部各检几卷带去。

二尊者带四人到珍楼下吃了仙肴、仙茶、仙果，然后进了藏经宝阁。开门看时，只见霞光瑞气，笼罩千重；彩雾祥云，遮漫万道。经柜一架架排列，上面贴满标签。阿傩、伽叶对唐僧说："圣僧东土来此，有什么礼物带来？"唐僧为难地说："弟子来此路途遥远，没有带来礼物。"二尊者笑道："白手传经，我们要饿死了。"行者见他不肯传经，一时焦躁，叫道："师父，我们去告诉如来，叫如来自己传经给我们。"阿傩道："莫嚷，这是什么地方，容你撒野？到这边来取经。"八戒、沙僧耐着性子，劝住了

功成行滿見真如

行者转身来接经，一卷卷收进包里，驮在马上，又捆了两担，八戒与沙僧挑着，出了山门。

传经宝阁上有一位燃灯古佛，暗中听到他们的谈话，知道阿傩、伽叶从中搞鬼，急忙叫身边的白雄尊者驾狂风赶去提醒他们。唐僧等正在赶路，不提防半空伸下一只手来，把驮在马背上的经抓去，撒了一地。行者、八戒、沙僧急忙去拾，唐僧垂泪道："这极乐世界也还有凶魔欺害呢！"沙僧倒不抱怨，觉得其中有缘故，边捡边翻一卷看看，原来一个字也没有，慌忙递给唐僧说："师父，这卷没有字。"大家急忙翻开检查，原来卷卷都是白纸。唐僧叹息道："我东土人果是没福，千辛万苦来此，只传得无字的白本，取去何用?"行者说："师父，这是阿傩、伽叶向我们要礼物，没有给他们，所以给我们这白纸本子，快回去到如来那里告他们索财作弊之罪。"八戒也嚷道："正是，去告他去。"四人急急回转再到雷音寺。

才到山门，众神佛皆拱手笑道："圣僧是换经来的?"好像他们都已经知道了。师徒几人直至大雄宝殿如来佛前把事情说了。佛祖笑道："此事我已知道了。但经不可轻传，也不可白取。你如今白手来取，所以传给了白本。白本者，乃无字经。无字经也是真经好经，只可惜你们看不懂。"随即又叫："阿傩、伽叶，快将有字的真经，每部中各检几卷给他。"

再到藏经阁，唐僧拿了随身带的紫金钵盂给阿傩说："这紫金钵盂是唐王亲手所赐，今奉上，请收下。只是请传有字真经，方不辜负远涉之劳。"阿傩接下钵盂微微而笑，这才去宝阁中检经。这次师徒们一卷卷都看过，都是有字的，每部各传了五千零四十八卷。师徒们收拾整齐，驮在马上；剩下一担，八戒挑了，欢欢喜喜离了藏经阁，来到大雄宝殿向如来辞谢。

这时，如来已高升莲座，敲响云磬，遍请三千诸佛，三千揭谛，八金刚，四菩萨，五百罗汉，八百比丘僧……福地灵山大小仙佛都到场。一时仙乐嘹亮，祥光万道，这才正式举行授经仪式，方见真经不可轻取。

观音上前禀报佛祖说："弟子当年奉旨去东土寻人取经，今已成功。历时十四年，计有五千零四十天，离所传经数还差八天，可差金刚在八天之内送去大唐，再按时回到西天。"佛祖准奏。一时八大金刚驾起云雾送唐僧师徒携带真经回国。唐僧身轻体健，飘飘荡荡随金刚驾云而起。观音又查看唐僧经历了多少灾难的记录，发现共经历了八十难，离"九九八十一"佛门归真的数字还差一难，立即又命正在途中的金刚将四人坠于地上，再补一难。

四人落下云头，发现又来到了通天河边，只见上次驮四人过河的大白鼋浮水过来，高叫："老师父，我等你们好几年了，到现在才回来!"大家欢喜，又都爬到它的背上，大白鼋稳稳渡河而去。快要到岸时大白鼋问道："上次我托老师父向西天如来问个话，我何时可得人身，不知问了没有?"唐僧一时回答不出，到了西天，只为取经事反反复复，早把这件事忘了。大白鼋见他们回答不出，知道不曾问，一生气，往下一沉，四人和经卷都落入水中，幸得白马是龙，八戒、沙僧会水，行者大显神通，把唐僧扶驾出水。

大家拼命打捞经卷，可惜都湿了。正好河边有一块大石头，就将经卷一本本摊开晾晒。可是当他们将晒干的经卷收起来时，《本行经》的底下一页粘在了晒经的石头上。经少了一页，石头上却留下了字，后人称它“晒经石”。

陈家庄有人出来打鱼，突然发现唐僧四人。这个消息立刻传开了，陈澄、陈清领着陈关保和一秤金，还有全村的男女老少都来拜谢当年为他们除妖救孩子的恩德。大家带他们先到“求生寺”参观，那是为他们修的庙宇，里面塑着他们四人的像，供人祭拜。四人走出大殿，外面这家请，那家邀，应接不暇，热闹了一天。直到八大金刚来接，四人才告别众人，驾起祥云而去。

一阵香风，把四人一直送到东土大唐。唐太宗早已造了望经楼等待唐僧。那日见西方满天瑞霭，阵阵香风往望经楼来。太宗急登楼眺望，果然见一朵五彩云落在楼边，唐三藏和三个弟子牵马驮经归来。太宗亲自下楼相迎，唐僧师徒四人随驾入朝。长安城中无一不知取经人回来了，都来瞻仰唐僧及三个相貌稀奇的徒

弟。行者、八戒、沙僧已修成正果，个个稳重，就是八戒也不弄嚎(xué)头，不嚷茶饭。唐僧将大乘经献上，又奉上过关文牒，共经历了九个人间国家，路经十万八千里。交代完毕，八大金刚在空中催促，只见香云缭绕，师徒平地而起，在空中向太宗及满城百姓频频告别。

四人连马共五口，回转西天灵山雷音寺。此时灵山诸神已聚在佛前，唐僧向如来报告所取真经已送到东土大唐，特来缴旨。如来宣布：唐三藏取去真经，已成正果，为旃(zhān)檀功德佛；孙悟空除恶扬善，斗妖降魔战斗有功，为斗战胜佛；猪悟能挑担有功，虽有缺点，终能有始有终，为净坛使者——天下的祭坛都可受用；沙悟净牵马登山有功，为金身罗汉；白马，为八部天龙马，当即推入池中化为金龙。正当众仙佛庆贺之时，行者跑去问唐僧："师父，现在我亦已成佛，与你一样，只是那金箍儿该取下来了。"唐僧说："当时只因你难管，所以给你戴个箍儿好管管你。如今成了佛，怎么还会在你头上呢？不信你摸摸看。"行者用手摸摸头，那金箍儿果然无影无踪了。

此时灵鹫山万花齐放，霞光满天。各人都功德圆满，归了佛位。

当年奋志奉钦差，领牒辞王出玉阶。
清晓登山迎雾露，黄昏枕石卧云霾。
挑禅远步三千水，飞锡长行万里崖。
念念在心求正果，今朝始得见如来。

附录一　故事总览表

地点	妖怪	洞穴	特殊武器或技能	降服者	原形	结局
蛇盘山	小飞龙	鹰愁涧	无	观音菩萨	西海龙王敖闰之子	变作白龙马随唐僧取经
高老庄	猪刚鬣	云栈洞	九齿钉耙（神冰铁所制）	孙行者（观音劝善）	天蓬元帅	取名八戒随唐僧取经
流沙河	沙河妖	流沙河	降妖宝杖	观音劝化	卷帘将	随唐僧取经
白虎岭	白骨精	——	解尸法	孙行者	白骨夫人	死亡
黑松林	黄袍老怪	碗子山波月洞	幻化宝塔	孙行者	奎木狼星	贬去给太上老君烧火
平顶山	金角大王、银角大王（精细鬼、伶俐虫）	莲花洞	紫金红葫芦、羊脂玉净瓶、七星剑、芭蕉扇、幌金绳	孙行者	太上老君看炉童子	太上老君收走
乌鸡国	假国王	——	——	文殊菩萨	青毛狮子坐骑	文殊菩萨收走
号山枯松涧	红孩儿	火云洞	三昧真火、火尖枪	观音菩萨	——	被观音菩萨收为善财童子
通天河	灵感大王	水鼋之第	九瓣铜锤	观音菩萨（鱼篮）	观音莲花池中的金鱼	观音菩萨收走
金兜山	独角兕大王	金兜洞	金刚套	太上老君	青牛	太上老君收走
西梁国	蝎子精	毒敌山琵琶洞	尾部毒钩	昴日星官	蝎子	死亡
——	假猴王	——	与孙行者一模一样，难辨真假	如来佛祖	六耳猕猴	死亡

地点	妖怪	洞穴	特殊武器或技能	降服者	原形	结局
火焰山	铁扇公主	翠云山芭蕉洞	芭蕉扇	灵吉菩萨定风丹,李天王、哪吒助阵	——	归顺去修行
	牛魔王	积雷山摩云洞	辟水金睛兽		大白牛	
	玉面公主			猪八戒	玉面狐狸	死亡
祭赛国	万圣龙王、九头驸马(奔波儿灞、灞波儿奔)	乱石山碧波潭	月牙铲	二郎神和他的细犬	九头虫(鲶鱼怪、黑鱼精)	万圣龙王被行者打死,九头虫重伤逃走
——	黄眉怪	小雷音寺	金铙、白布口袋、狼牙棒	弥勒佛	黄眉童儿	弥勒佛收走
朱紫国	赛太岁	麒麟山獬豸洞	紫金铃	观音菩萨	金毛犼	观音菩萨收走
盘丝岭	蜘蛛精	盘丝洞	肚脐吐丝织网	孙行者	蜘蛛精	死亡
——	百眼魔君	黄花观	金光黄雾	毗蓝菩萨	蜈蚣精	毗蓝婆收走
比丘国	国丈、美后	柳林坡清华仙府	蟠龙拐杖	南极老寿星	白鹿坐骑、白面狐狸精	狐狸精被打死,白鹿被寿星收走
黑松林	地涌夫人	陷空山无底洞	绣花鞋	李天王、哪吒	老鼠精	押往天曹,听候发落
金平府	辟寒大王 辟暑大王 辟尘大王	青龙山玄英洞	角有贵气,能开水道	四木禽星、西海龙王敖顺父子	犀牛精	死亡
天竺国	假公主	三窟洞	捣药杵	嫦娥仙子	玉兔	嫦娥收走

附录二 《西游记》人物主题诗

唐 僧

灵通本讳号金蝉，只为无心听佛讲。
转托尘凡苦受磨，降生世俗遭罗网。
投胎落地就逢凶，未出之前临恶党。
父是海州陈状元，外公总管当朝长。
出身命犯落江星，顺水随波逐浪泱。
海岛金山有大缘，迁安和尚将他养。
年方十八认亲娘，特赴京都求外长。
总管开山调大军，洪州剿寇诛凶党。
状元光蕊脱天罗，子父相逢堪贺奖。
复谒当今受主恩，凌烟阁上贤名响。
恩官不受愿为僧，洪福沙门将道访。
小字江流古佛儿，法名唤做陈玄奘。

孙行者

自小神通手段高，随风变化逞英豪。
养性修真熬日月，跳出轮回把命逃。
一点诚心曾访道，灵台山上采药苗。
那山有个老仙长，寿年十万八千高。
老孙拜他为师父，指我长生路一条。
他说身内有丹药，外边采取枉徒劳。
得传大品天仙诀，若无根本实难熬。
回光内照宁心坐，身中日月坎离交。
万事不思全寡欲，六根清净体坚牢。
返老还童容易得，超凡入圣路非遥。
三年无漏成仙体，不同俗辈受煎熬。
十洲三岛还游戏，海角天涯转一遭。
活该三百多余岁，不得飞升上九霄。
下海降龙真宝贝，才有金箍棒一条。
花果山前为帅首，水帘洞里聚群妖。
玉皇大帝传宣诏，封我齐天极品高。
几番大闹灵霄殿，数次曾偷王母桃。
天兵十万来降我，层层密密布枪刀。
战退天王归上界，哪吒负痛领兵逃。
显圣真君能变化，老孙硬赌跌平交。
道祖观音同玉帝，南天门上看降妖。
却被老君助一阵，二郎擒我到天曹。

将身绑在降妖柱，即命神兵把首枭。
刀砍锤敲不得坏，又教雷打火来烧。
老孙其实有手段，全然不怕半分毫。
送在老君炉里炼，六丁神火慢煎熬。
日满开炉我跳出，手持铁棒绕天跑。
纵横到处无遮挡，三十三天闹一遭。
我佛如来施法力，五行山压老孙腰。
整整压该五百载，幸逢三藏出唐朝。
吾今皈正西方去，转上雷音见玉毫。
你去乾坤四海问一问，我是历代驰名第一妖。

猪八戒

自小生来心性拙，贪闲爱懒无休歇。
不曾养性与修真，混沌迷心熬日月。
忽然闲里遇真仙，就把寒温坐下说。
劝我回心莫堕凡，伤生造下无边孽。
有朝大限命终时，八难三途悔不喋。
听言意转要修行，闻语心回求妙诀。
有缘立地拜为师，指示天关并地阙。
得传九转大还丹，工夫昼夜无时辍。
上至顶门泥丸宫，下至脚板涌泉穴。
周流肾水入华池，丹田补得温温热。
婴儿姹女配阴阳，铅汞相投分日月。
离龙坎虎用调和，灵龟吸尽金乌血。
三花聚顶得归根，五气朝元通透彻。
功圆行满却飞升，天仙对对来迎接。
朗然足下彩云生，身轻体健朝金阙。
玉皇设宴会群仙，各分品级排班列。
敕封元帅管天河，总督水兵称宪节。
只因王母会蟠桃，开宴瑶池邀众客。
那时酒醉意昏沉，东倒西歪乱撒泼。
逞雄撞入广寒宫，风流仙子来相接。
见他容貌挟人魂，旧日凡心难得灭。
全无上下失尊卑，扯住嫦娥要陪歇。

再三再四不依从，东躲西藏心不悦。
色胆如天叫似雷，险些震倒天关阙。
纠察灵官奏玉皇，那日吾当命运拙。
广寒围困不通风，进退无门难得脱。
却被诸神拿住我，酒在心头还不怯。
押赴灵霄见玉皇，依律问成该处决。
多亏太白李金星，出班俯囟亲言说。
改刑重责二千锤，肉绽皮开骨将折。
放生遭贬出天关，福陵山下图家业。
我因有罪错投胎，俗名唤做猪刚鬣。

沙 僧

自小生来神气壮，乾坤万里曾游荡。
英雄天下显威名，豪杰人家做模样。
万国九州任我行，五湖四海从吾撞。
皆因学道荡天涯，只为寻师游地旷。
常年衣钵谨随身，每日心神不可放。
沿地云游数十遭，到处闲行百余趟。
因此才得遇真人，引开大道金光亮。
先将婴儿姹女收，后把木母金公放。
明堂肾水入华池，重楼肝火投心脏。
三千功满拜天颜，志心朝礼明华向。
玉皇大帝便加升，亲口封为卷帘将。
南天门里我为尊，灵霄殿前吾称上。
腰间悬挂虎头牌，手中执定降妖杖。
头顶金盔晃日光，身披铠甲明霞亮。
往来护驾我当先，出入随朝予在上。
只因王母降蟠桃，设宴瑶池邀众将。
失手打破玉玻璃，天神个个魂飞丧。
玉皇即便怒生嗔，却令掌朝左辅相。
卸冠脱甲摘官衔，将身推在杀场上。
多亏赤脚大天仙，越班启奏将吾放。
饶死回生不典刑，遭贬流沙东岸上。
饱时困卧此山中，饿去翻波寻食饷。

樵子逢吾命不存，渔翁见我身皆丧。
来来往往吃人多，翻翻复复伤生瘴。
你敢行凶到我门，今日肚皮有所望。
莫言粗糙不堪尝，拿住消停剁鲊酱！

图书在版编目(CIP)数据

西游记故事 / (明)吴承恩著；钟婴改写 .—杭州：浙江古籍出版社，2018.3

ISBN 978-7-5540-1193-5

Ⅰ.①西… Ⅱ.①吴… ②钟… Ⅲ.①章回小说—中国—明代 Ⅳ.①I242.4

中国版本图书馆 CIP 数据核字(2018)第 006378 号

西游记故事

(明)吴承恩 著 钟婴 改写

出版发行 浙江古籍出版社
(杭州市体育场路 347 号 电话:0571-85068292)
网　　址 www.zjguji.com
责任编辑 陈临士
文字编辑 张 莹
责任校对 余 宏 吴颖胤
封面设计 刘 欣
责任印务 楼浩凯
激光照排 浙江新华图文制作有限公司
印　　刷 杭州富阳美术印刷有限公司
开　　本 710mm×1000mm 1/16
印　　张 15.75
字　　数 180 千字
版　　次 2018 年 3 月第 1 版
印　　次 2018 年 3 月第 1 次印刷
书　　号 ISBN 978-7-5540-1193-5
定　　价 28.00 元